ハローサヨコ、
きみの技術に敬服するよ

瀧羽麻子

集英社文庫

ハローサヨコ、きみの技術に敬服するよ

1

下駄箱を開けたら、うわばきの上に白い封筒がのっていた。

いつだったか、古い青春小説だか少年漫画だかで、こういう場面を読んだ覚えがある。携帯電話もパソコンもなかった時代、少年少女は手紙で想いを伝えあっていたという。意を決した告白、ささやかな日常の報告、面と向かってはどうしても切り出せない別れ、さまざまな思惑が封じこめられた手紙がひそやかにいきかっていた、らしい。

僕はとっさに封筒をかばんにつっこんだ。スニーカーをうわばきにはきかえて、たてつけの悪い扉を勢いよく閉める。築数十年にもなるぼろい校舎は、地元育ちの母が通っていた頃からほぼ外観が変わっていないそうで、昇降口に設置された下駄箱も相応に古びている。ずいぶん長い間、男女の仲をとりもってきたに違いない。あらためて眺めると、なんだか独特の風格を漂わせている。

予鈴が鳴りはじめた。教室へと急ぐ他の生徒たちにまじって、早足で階段を上る。心臓はまだどきどきしている。誰に見られているわけでもないのに、周囲が気になる。教室にすべりこむ直前で気が変わって、回れ右をした。ホームルームがはじまるまで、まだ十分近くある。

屋上には誰もいなかった。

水色の絵の具をべた塗りしたような五月晴れの青空が、頭上にひらけている。フェンスの向こうにはこぢんまりとした町が広がり、その後ろになだらかな山がひかえている。昔もこんなふうだったんじゃないか、とふと思う。下駄箱に入っている手紙を発見して、静かな場所を求め、息せききって階段を上ってきた高校生がいたんじゃないか。昔々、たとえば二十世紀には。

現代日本に生きる高校生は、情報社会のただなかで、数えきれないほどの便利な手段を持ち、そして使いこなしている。デジタル全盛の時代、下駄箱はポストとしての役割を終えた。よっぽどのことがない限りは。

僕はさびの浮いたフェンスに背をもたせかけ、ほのかにあたたかいコンクリートの床に座りこんだ。落ち着け、と唱えつつ、かばんから封筒を出して表と裏を確かめる。宛名も差出人も書かれていないかわりに、かわいらしいくまのシールが貼ってある。ゆるみそうになる口もとをひきしめ、爪をひっかけてめくった。シールは簡単にはがれて、中から封筒と同じ真っ白な便箋が出てきた。

四つ折りになったそれを、僕はそろそろと開いた。文面は簡潔だった。女らしい線の細い文字で、中央に二行が記されている。


　お話ししたいことがあります。

　よかったら、四時に三号館の中庭に来てもらえないでしょうか。　森永いずみ

きれいな字だ。時と場合によっては、アナログはデジタルよりも強い。

気づいたら、チャイムがまた鳴っていた。本鈴だ。ということは、遅刻だ。僕はあわてて立ちあがり、教室に向かって駆け出した。


昼休み、一緒に弁当を食べていた達也が、僕の顔をのぞきこんだ。

「誠、どしたの？　ぼけっとして」

午前中の授業には、まるで身が入らなかった。手紙について、というか森永いずみについて、考えるので手一杯だったのだ。僕は基本的に、ふたつ以上のことを同時には考えられない。

だから、ひとつひとつ順を追って、地道に考えた。

まず、森永いずみというのは誰なのか。名前にうっすら聞き覚えがあるような気はするけれど、定かではない。同じクラスでも同じ中学の出身でもないはずだ。面識もない僕に、彼女はなにを話そうというのか。

女子高生が男子を呼び出しているわけだから、小説や漫画なら展開は読める。でも、どうしてよりにもよって僕なんだろう。知らない女の子にひとめぼれされる心あたりはない。はっきり言って、僕にそういう瞬発力はない。第一印象で異性を惹(ひ)きつけるには、絶対的に地味すぎる。

「なあ、大丈夫かよ?」

けげんそうに首をかしげている達也と目が合って、はっとする。

そうだ、現代日本にも、手紙をもらう男はちゃんと存在するのだった。達也は入学早々に、通学電車の中で、名門私立の制服を着た女子高生にラブレターを渡されたと言っていた。

「めちゃくちゃびっくりした」

そんなことをさらっと話してもいやな感じにならないのが達也のすごいところである。そういうおおらかな性格がにじみ出ているからこそ、見知らぬ女の子から告白されちゃったりするわけなんだろう。

「それ、どうしたんだよ？」

「もらった」

「で？」

「断った」

「手紙で？」

「いや、次の日に直接言った。連絡先は手紙に書いてあったんだけど、こっちのを知られるのもちょっと抵抗あるし」

そうだよなあ、と僕も思った。しかも相手は、よく電車で顔を合わせるとはいえ、どこの誰とも知らない男に手紙を渡せるほどの情熱と行動力を持ちあわせているのだ。やっかいな事態になりかねない。

そうだよなあ、と思ったものの、あのときはあくまで他人事だった。どこの誰とも知らない女の子に手紙をもらう機会が、自分に訪れるとは思えなかったから。

もしや、人違いか。あるいはいたずらとか。でも、いたずらを仕掛ける相手にしても、僕ではちょっと物足りなくないか。自分で言うのもなんだけれど、ちょっかいを出したくなるほど人気者ではないし、いじめられるほどきらわれてもいない。いないと思う。それに、森永いずみの丁寧な字から、ふざけた意図は感じられない。誠意というか必死の想いというか、なにかしら真摯なものが伝わってくる。

どんな子だろう。どういう顔で、どういう性格なんだろう。手紙を出してくるくらいだから積極的で明るい子か、きちょうめんな筆跡からしてまじめな子か。背は低いのか、高いのか。できれば僕より十センチくらいは低いとうれしい。

「誠、顔赤いよ？　熱あんじゃないの」

「いや大丈夫」

いたずらじゃないかと疑っていたくせに、考えているうちにだんだん顔がほてってきた。箸を置き、左右の頰を挟む。熱い。

「あ。もしかして、また腹痛いの？」

また、はよけいだ。

「弁当、手伝ってやろうか？」

「いい」

危うく口がすべりそうになるのを、なんとかこらえる。打ち明けるのはまだ早い。ぺらぺらと喋（しゃべ）った挙句に勘違いだったりしたら、かっこわるすぎる。

「そう？　なら、いいけど」

達也はあっさりと話を切りあげた。弁当に視線を戻し、熱心に焼き魚の身をほぐしはじめる。

僕が自慢しようが勘違いしようが、達也は気にもとめないだろう。物事をあまり深くつきつめない性質(たち)なのだ。ふたつ以上のことは同時に考えられないと僕が言ったら、そんなの普通じゃん、おれなんかひとつでもしんどいわ、と笑っていた。誠はえらいよ、ちゃんといろいろ考えてて。

いろいろ考えている内容は、しかしくだらないものだ。これで達也との格差がちょっとは縮まるだろうか、とみみっちい発想さえ頭をよぎった。そんなことを考えている時点で縮まるわけがない。そもそも達也とはりあうつもりもない。卑屈になったり、ひがんだりということもない。人間は自分より少しだけ優れている相手をライバル視するものなのだと、この間読んだ本にも書いてあった。努力しだいで届きそうだからこそ、悔しい。それを超えてしまえば、ただただ違うと実感するだけで、劣等感や嫉妬(しっと)は生まれないという。

達也はなんというか、本当によくできている。ととのった顔だちに百八十五センチの長身で、サッカーとカラオケと格闘ゲームがうまくて、おまけに成績もそこそこいい。さては性格がひねくれてるんじゃないかと邪推したくなるところだが、親しくなればなるほど、そんなふうに身がまえるほうこそひねくれているのだと気づかされる。

僕も箸を持ち直し、からあげをひとつ口に押しこんだ。達也は魚の骨をとりのけるのが面倒になったようで、そのままむしゃむしゃほおばっている。

中庭には四時ちょうどに着いた。

空からやわらかい陽ざしがさしこんで、鮮やかな緑色の芝生を照らしている。真ん中に正方形の花壇があり、それぞれの辺に向きあうようにベンチが四つ並べられている。埋まっているのはひとつだけだった。ひとりでぽつんと座っている女子の顔は、長い髪に隠れて見えない。

ベンチに近づこうとして、足がとまった。制服の襟もとに結んだリボンがえんじ色だから、二年生だ。

先輩だなんて想像してもみなかった。いや、彼女はたまたまここにいるだけで、通りすがりの別人かもしれない。そうだとしたら、森永いずみはどこにいるんだろう。てっきり先に来て待っているとばかり思っていた。僕はここでぼんやり座っていればいいんだろうか。

あれこれ思い悩む必要は、なかった。

僕の姿をみとめるなり、彼女ははじかれたように立ちあがったのだ。雲のぐあいか、ひときわ強い光が一筋さっとさして、スポットライトのように全身を包んだ。

森永いずみは美人だった。

同性にはかわいいと評されるけれど男の目から見たらさっぱり、というような中途半端なものではない。百人に聞けば百人が即座にうなずくだろう、正統派の美人だ。色が白く、アーモンド型の目はびっくりするくらい大きく、鼻筋がすっととおっている。ぽってりと赤い唇は上等の果物みたいにつやつやしている。小さな顔と対照的に、手足はすらりと長い。背は僕と同じくらいだろうか。潤んだ目をみはり、真剣なまなざしで僕をじっと見つめている。

僕は立ちすくんだまま動けなかった。端正な容姿に、喜ぶというよりひるむ。やっぱりこれは、なにかの間違いなんじゃないか。

彼女が僕に駆け寄ってきて、口を開いた。

「急に呼び出したりして、すみません」

どうやら人違いではないらしかった。声もかわいい。栗色(くりいろ)の長い髪が、風にさらさらとなびいている。

「お願いがあるんです」

僕はつばをのみこんで、うなずいた。

これから会えないかと僕がたずねると、小夜子(さよこ)は電話の向こうで露骨にいやそうな声を出した。

「そんな、いきなり言われても困るよ。わたしも忙しいんだから」

とりこみ中だったらしい。集中しているときにじゃまされるのを、小夜子は極度にいやがる。

「ごめん、ごめん」

すげない反応はだいたい予測していたので、僕はあわてなかった。まだ脈はある。完全に集中していたとしたら、電話にも出てくれないはずだ。

「今、家にいる？」

「いるけど」

「じゃ、そっちまで行くよ。ミッシェルのシュークリームでも買ってこうか」

僕はさりげなく言い添えた。

ミッシェルは近所の洋菓子店だ。僕が子どものときから、ほぼ変わらない店がまえと品ぞろえで営業を続けている。住宅街にひっそりと建つ、なんの変哲もない素朴な店だけれど、この界隈（かいわい）ではけっこう人気があって、よその家を訪ねるときの手土産としても重宝されている。僕の母も小夜子の母も、互いの家に招かれたときには決まってここのケーキや焼き菓子を買った。自分たちの分と子どもたちの分、たまに夫の分を加えるときもあった。

僕と小夜子の母親はこの町の出身で、小中高と同じ学校に通っていたそうだ。ふたりとも地元で出会った恋人と結婚し、その後も実家のそばに住み、したがって互いの家どうしも近かったので、親しいつきあいはとぎれなかった。さらに、仲のよさと関係があるのかどうかはわからないが、同じ年に妊娠し出産した。ふたりめができなかったところまで同じだった。

　つまり僕と小夜子は幼なじみだ。かしましくお喋りに興じる母親たちの隣で、黙々とチーズケーキやらチョコレートムースやらマドレーヌやらを食べた仲である。

　とはいえ、とりたてて仲がよかったわけでもない。幼い頃は母親に連れられてよく顔を合わせていたし、ひとりっ子どうしで一緒に遊びもしたものの、小学校でそれぞれ同性の友達ができてからは疎遠になった。学校ですれ違ってもろくに口もきかなかった。

　交流が復活したのは去年、中学三年になったばかりの春だった。

「なんかあったの?」

　相変わらず不機嫌な口調で、小夜子が聞く。僕は正直に答えた。

「あった。それで、相談したいんだ」

「急ぎ?」

「急ぎ」

「……わかった」

　小夜子はため息まじりに言った。

「生クリームとカスタード、半々のやつね」

　ショートケーキやミルフィーユといった、見ばえがよく、また値も張るケーキはもちろんおいしい。でも、ミッシェルの商品をひととおり試した末に僕が一番好んだのは、飾りけのない普通のシュークリームだった。奇しくもそれは小夜子の好物でもあった。子どもって不思議ね、と母親たちは顔を見あわせてつぶやいたものだ。おいしいけど、ちょっと地味よねえ。

シュークリームの箱を片手に玄関のチャイムを鳴らすと、小夜子の母親が迎えてくれた。一瞬だけ目をまるくして、すぐに笑顔になる。

「いらっしゃい。ひさしぶり」

確かにひさしぶりだった。最後にここへ来たのは去年の暮れだから、もう半年近くも経っている。

「おひさしぶりです」

「まあくん、大きくなったわねえ」

このひとは僕と会うたびに必ずそう言う。今回はまあわからなくもないが、去年、多いときには毎日のように僕がこの家を訪れていたときも、毎度感心していた。

リビングに通されてすぐ、小夜子が入ってきた。

「どうしたの？」

僕の向かいに腰かけ、小声でたずねる。母親はキッチンでお茶の支度をしてくれている。戸棚を開け閉めする音や、食器のふれあう音が聞こえてくる。

「頼まれた」

僕も声をおさえてささやいた。小夜子が眉をつりあげ、目を心もち見開いた。

「受けたの？」

幼稚園に通っていた頃から、僕がなにかまずいことをしでかすと、小夜子はこの表情を浮かべた。顔だちそのものも、昔とあまり変わっていない。りすとかうさぎとか、そういう小さくてすばしこい動物を連想させる黒目がちのまるい目も、笑ったら心から楽しげに、しかしぎゅっと引き結ぶとおそろしくがんこそうに見える、大きめの口も。外見で大きく変わったところといえば、髪型くらいだろうか。みつあみにして左右にたらしていた長い髪は、いつからかあごのあたりで切りそろえられている。

「ごめん」

小夜子があきれるのも無理はない。半年前、もうやめようと言い出したのは、僕のほうなのだ。怒っている様子がないだけでもありがたい。

「まあくん、今日はどうしたの？」

リビングに戻ってきた母親が、割りこんできた。両手で持った盆の上に、シュークリームの皿と紅茶のカップがのっている。

「またなにか新しいのが出たの？」

娘が幼なじみとふたりでパソコンをのぞきこんでひそひそと話しこんでいるのは、ネットゲームの攻略法の相談だと彼女は信じている。僕は小夜子が使っている高性能のパソコンをめあてにわざわざやってくる、熱心なゲーム仲間ということになっている。足しげく通ってくるようになった当初は、母親もさすがに不審に思ったらしく、さりげなく部屋をのぞきにきていたが、それに気づいた小夜子がドアを開け放しておくようになってからはすっかり安心しているようだ。だいたい、不純な動機なら、どこか他の場所、たとえば共働きである僕の家のほうが都合はいい。

なにより、僕たちふたりの様子を見ているうちに、気をもむ必要はないと納得したのだろう。小夜子の母親にとって、親友の息子はいつまでも「小さくて泣き虫だったまあくん」だし、小夜子の僕に対する態度も、三歳児のときのそれとまるで変わらない。異性として意識するどころか、ひとりの人間としてすら、たまに存在を忘れられているときがある。

もっともそれは、僕の存在感が薄いせいではない。小夜子の集中力が尋常ではないのだ。ことにパソコンの前では。

小夜子の母親が抱いているのは、だから年頃の娘がボーイフレンドとよからぬことをしているのではないかという類の懸念ではない。どちらかといえば、その逆である。十六にもなって好きな男子もできず、アイドルや芸能人にも興味を示さず、ひまさえあればパソコンに張りついているひとり娘の行く末が、母として案じられるようだった。

「あの子は学校でうまくやってる？」

一度、小夜子がトイレに立った隙に、こっそり聞かれたこともあった。

「やってますよ」

僕は即答した。小学校でも中学校でも、小夜子はうまくやっていた。僕と同じように、よくも悪くも目立たずに過ごしていた。友達もちゃんといるし、行事にもそれなりに取り組み、クラスにもなじんでいた。あえて母親には伝えなかったが、小夜子のことをかわいいと言っている男子も何人かいた。

「そう、それならいいんだけど」

彼女はほっとしたように言った。

「あんなにパソコンばっかりやってたら、暗くて変わった子だってお友達に敬遠されるんじゃないかと思って」

それはそうだろう。

パソコンを前にした小夜子を見たら、誰もがたじろぐに違いない。小夜子が学校で普通なのは、そこにパソコンがないからだ。外ではがまんしている分、家に帰ればパソコンの前に吸い寄せられてしまうのは、しかたがないともいえる。

中学のとき、僕と小夜子が幼なじみだと知って、しきりにうらやましがっていた同級生がいた。誰かとつきあってたりするのかな、まさかお前ってことはないよな、と探りを入れられて、僕はふきだしそうになった。知らないと答えたのは、いないと教えてむだな希望を持たせてもかわいそうだと思ったからだ。かといって、あきらめたほうがいいと正直に忠告して、変な誤解が生じてもまずい。

でも、あきらめろとはっきり言ってやったほうが、親切だったかもしれない。小夜子はそういうことにはまるで興味がないのだ、と。

シュークリームを食べ終え、二階に上がった。玄関を入ってすぐの階段を上りきった正面が、小夜子の部屋だ。

ドアを開けると、真向かいに大きな机が置いてある。右半分には、友達との写真が入ったフォトフレームや辞書やペンたてが並び、端に教科書やノートが重ねられている。そこだけ見れば、いかにも普通の女子高生らしい勉強机に見える。けれど左に視線をずらしたとたんに、印象はがらりと変わる。

デスクトップ型の巨大な黒いパソコンの前に、小夜子が座った。小学生のときに父親のおさがりを譲り受けて以来、何度買い換えたのかはわからないが、小遣いやお年玉はほぼすべて、パソコンとその周辺機器に費やしているようだ。女の子なのに洋服とか化粧品にはちっとも興味がなくて、と小夜子の母親が僕の母にぼやいているのを聞いたこともある。

僕は部屋の隅からスツールを持ってきた。小夜子の隣に腰を下ろし、背後を確認する。いつものとおり扉は開けてあり、階段の下に玄関が見える。母親がそこに立って見上げれば、僕たちの背中が見えるはずだ。

小夜子がパソコンを起動させ、音楽をかけた。女性ボーカルの甘い声が流れ出す。ふたりで話すのにはじゃまにならず、かつ階下の母親には会話が聞こえない音量に調整し、キーボードに手を置いて僕を見た。

「で？　なにを頼まれたの？」

お願いがあるんです。

涼やかな声が耳によみがえった。うきうきしてその続きを待っていた僕は、さぞまぬけ面をしていただろう。つくづく情けない。

「え、森永いずみ？」

依頼人の名前を聞いた小夜子は、眉を上げた。僕のほうもびっくりした。あの美少女と小夜子に接点があったとは。

「知ってるの？」

「だって有名じゃない。雑誌の読者モデルかなんか、やってるんじゃなかったっけ？」

小夜子はそこで納得顔になった。

「なるほどね。森永いずみに頼まれたら、断れないよね」

「いや、相手がどうこうじゃなくて、すごく困ってるみたいだったから。押しも強かったし」

僕はしどろもどろに答えた。

インターネット上でいやがらせを受けている、といずみは言った。僕はまったく知らなかったが、うちの高校には校内生の集う非公式なコミュニティサイト、いわゆる学校裏サイトが存在しているという。最近になって、そこに彼女の誹謗中傷が書き連ねられるようになったらしい。

「匿名でひとのことをけなすなんて、最低でしょう？　言いたいことがあるなら正々堂々と言えばいいのに」

いずみは美しい顔を苦々しげにゆがめた。

「犯人を割り出してもらえませんか」

頬をほんのり紅潮させ、実は心あたりもあって、と勢いこんで続ける。

「別れた彼じゃないかと思うんです。わたしのこと、恨んでるだろうから」

新学期がはじまって早々に、いずみは新しいクラスメイトと恋に落ちたそうだ。すぐに相思相愛となって交際がはじまった。同時に、それまでつきあっていた、これも同級生の男子と別れた。言い換えれば、捨てた。

四月の中旬くらいだったというから、心変わりからわずか一週間でけりをつけたことになる。さすが美人はやることが違う。

「みっともないことはやめてって何度言っても、全然認めようとしないんです。おれは別に恨んでなんかないとか、今でも好きだから幸せになってほしいとか、でたらめばっかり言って。そのくせ書きこみのほうはどんどんエスカレートしてるし、本当に困っちゃって」

いずみはよどみなく訴えた。

「あの、すみません」

僕は遠慮がちに割って入った。

「なあに？」

「申し訳ないんですけど、依頼を受けるのはもうやめたんです」

彼女が目を見開いた。

「どうして？」

「やめることに、決めたので……」

「なんとかお願いできませんか？　本当に、本当に、困ってるんです」

いずみは何度も頭を下げた。校舎の端にある中庭は人通りが少ないとはいえ、たまに通りかかる生徒はいて、ほぼ例外なく僕たちを凝視した。

「わかりました」

僕がついに折れると、いずみは身を乗り出して僕の手を握った。

「ありがとう！」

熱っぽい口調とはうらはらに、手のひらはひんやりと冷たかった。

「証拠がほしいの。証拠さえあれば、あいつだって言い訳できないはず」

「つきとめてどうするんですか？　訴えるとか？」

僕はそっと手をひっこめ、おそるおそる聞いてみた。公の場で裁かれるなら、「証拠」となる情報をどうやって手に入れたのかも説明しなければならないだろう。それは困る。

「いいえ。おおごとにするつもりはないの」

彼女は女王様のように毅然（きぜん）と胸を張り、きっぱりと答えた。

「ただ謝ってほしい。悪かったって、心から謝ってほしい」

サイトのURLと容疑者の名前を聞き、明日の同じ時間にまた中庭で待ちあわせる約束をした。最後に、僕は気になっていたことをたずねてみた。

「どうして僕た……」

あわてて言い直す。

「僕のことを、知ってたんですか？」

「噂（うわさ）で」

いずみはさっきまでの悲愴(ひそう)な表情がうそのようににっこり笑い、僕の——僕と小夜子の——通っていた中学校の名前を口にした。

「けっこう有名だったんでしょう?」

去年、こういった依頼を受けはじめた当初は、純粋に人助けのつもりだった。そのうちに、謝礼を支払ってくれる相手も出てきて、ちょっとした小遣いかせぎにもなった。でも、金のためにやっていたわけではない。相手は中学生だから、金額もしれている。足もとを見て法外な値段をふっかけるとか、報酬が出なければ断るとか、そんな品のないまねもしなかった。第一、受けるか受けないかを決める権利は僕にはない。判断するのは、小夜子である。そして小夜子が、やらない、もしくはできない、と断ることは、まずなかった。

依頼を受けるのはやめようと僕が言い出したとき、小夜子は驚いた顔をした。当然だろう。高校受験をひかえて忙しくなるからという理由は、われながら説得力に乏しかった。文句も言わずに賛成してもらえるとは、予想外だった。

「高校に入ったらわたしたちのことを知ってる子も少なくなるし、頼まれることもなくなるかもね」

ついでのように言い添えたのも、特に残念そうには聞こえなかった。

小夜子の予想は正しかった。中学を卒業し、高校に入学し、日々は平和に過ぎていた。

今日までは。

小夜子はかたかたとキーボードに指を走らせ、僕がいずみに教わってきたサイトを開いた。黒一色の画面に、校名が黄色くまたたいている。

「小夜子、うちの学校に裏サイトなんかあるって知ってた？」

「うん。聞いたことはあった。でも見るのははじめて」

そうだろうなと思う。いかにも興味がなさそうだ。小夜子を見ていると、コンピュータに精通している人間と、ＳＮＳの類を駆使して不特定多数の相手と情報交換や交流をしたがる人間は、必ずしも一致しないとよくわかる。

「しろうとの作ってるサイトみたいだね。これならちょっといじればわかると思う」

「よかった」

「だけど、これって彼女も悪いんじゃないの？　その男子もちょっと気の毒な気がするな」

「それもそうだけど、匿名っていうのは卑怯じゃない？」

「こっちの世界は匿名が基本だって」

小夜子が肩をすくめた。

「まあいいか、わたしたちには関係ないもんね」

いいとか悪いとかはわたしたちの決めることじゃない、と小夜子はいつも言う。わたしたちに、決められることじゃない。

そうだろうか、と僕はひそかに考えている。こういうことをやる以上は、善悪を意識すべきなんじゃないか。それなりに配慮して動かないとまずいんじゃないか。実際に動いているのはほとんど小夜子ひとりだから、あれこれ言える立場でもないけれども。

「あ」

マウスに手を伸ばしかけた小夜子が、小さく声を上げた。

僕もモニターに注目した。画面の右下の角に、親指ほどの大きさの、横長の白いいびつな楕円（だえん）が浮かんでいた。よく見ると、漫画で使われるふきだしのかたちで、真ん中に小さな文字が入っている。

〈なにしてる？〉

短い文章を読んで、僕はぎょっとした。まるで、今から僕たちがやろうとしていることを、誰かがどこかから見ているみたいだ。

小夜子がすばやくキーボードをたたき、エンターキーを押した。白いふきだしの左側に、新しい水色のふきだしが並ぶ。

〈すみません。ちょっと待って下さい〉

〈了解〉

間を置かずに、白いふきだしがもうひとつ現れた。小夜子が再びキーを押すと、ふきだしは三つとも画面に溶けるように消えた。

「レイジさん」

画面のほうを向いたまま、小夜子がぼそぼそとつぶやいた。説明というより、ひとりごとのように聞こえた。

レイジさん、というのは小夜子の知りあいだ。知りあいといっても直接会ったことはなく、インターネットを通してのつきあいである。不特定多数とのやりとりに興味はなくても、同好の士は例外らしい。小夜子はパソコンをいじっていてわからないことが出てきたら、彼に相談するという。どんな難問もたちどころに解決するそうだ。

うさんくさい。

それが、最初に小夜子から彼の存在を打ち明けられたときの、僕の第一印象だった。まだ小学生だったから、いかがわしい想像はふくらまなかったものの、いやな感じがした。じかに接触しているわけではないとはいえ、見知らぬおとなと無防備につながるのはどうかと思った。でも、目を輝かせて「レイジさん」から教わった知識を披露してくれる小夜子に、そうも言えなかった。白いふきだしも何度か見せてもらったが、書かれている内容はほとんどちんぷんかんぷんで、そういう意味でも文句をつけにくかった。

「ひみつだよ」

小夜子は僕に釘を刺した。

「お母さんたちには内緒だからね」

あの頃からすでに、小夜子は自分の能力を隠していた。親にも、友達にも。どうして僕だけが例外として選ばれたのかはわからない。信頼されているからだと当時は思っていたけれど、ひょっとしたら侮られていただけかもしれない。僕なら小夜子の決めたことに反対はしないはずだと。

「そいつ、なんか変なんじゃないの？」

僕がやっと口に出せたのは、数年後、中学生になってからのことだった。どこが変なのよ、と小夜子は珍しく食ってかかった。

「レイジさんは立派なひとだよ。なんでも知ってるし、優しいし。がんばって技術を磨きなさいって、いつも応援してくれてるんだから」

一度そうして言い争って以来、小夜子は僕の前でレイジとやりとりするのをやめてしまったので、白いふきだしを見るのはひさしぶりだった。僕が帰った後で、会話を再開するのだろう。

「このこと、伝えるの？」

僕は聞いた。小夜子が再び依頼を受けるようになったと知ったら、レイジはどんな反応を示すだろう。

「だめ？」
「いや、別にだめってことはないけど……」
「細かい事情までは説明しないよ。技術的なポイントだけ」
小夜子はそっけなく言う。
そこは僕も特に心配していない。話を聞く限り、レイジは依頼人の個人的な状況にな
ど興味はない。いかにすばやく暗号を解いたりネットワークに入ったりできるかが、重
要なのだそうだ。いいとか悪いとかは考えなくてかまわない、と小夜子に教えたのも、
奴（やつ）だ。大事なのは、できるだけ早く、スマートに、必要な情報を手に入れること。気を
散らさず、それだけに集中すればいい、と。
いったい何者なんだろう。
コンピュータやインターネットに異様に詳しいという以外、手がかりはまったくない。
年齢も職業も、どこに住んでいるのかも、独身なのか既婚なのかも知らないと小夜子も
前に言っていた。もしかしたらレイジという名前も本名ではないかもしれない。
むだだと知りつつも、どんなやつなんだろうと想像してしまう。それだけ知識が豊富
だということは、僕たちより年下ではないだろう。世間一般のイメージでいけば、ひき
こもりの冴（さ）えないコンピュータマニアというのが一番ありえそうだが、小夜子の心酔ぶ
りを見ているせいか、そこしかとりえのない根暗なもやし男という感じがしない。どこ

かの企業か研究所で働いている、天才技術者かもしれない。時間と金を持て余した資産家の道楽かもしれない。あるいは、ＦＢＩやＣＩＡみたいな、国家の諜報部門だったりして。小説の読みすぎだろうか。達也には、誠ってなんか夢見がちだよな、本ばっかり読んでるからじゃないの、とよくからかわれる。

さらにわからないのは、彼の目的だった。会ったこともない少女に対して、なぜ熱心に技術を伝授してくれるのだろう。なにか裏の意図、というか下心があるんじゃないか。向こうから会おうと誘われたら絶対に教えるようにと小夜子には念を押してあるし、そのときは断固として阻止するつもりだが、今のところそういう話は出ないようだ。筋がいいから教え甲斐があるんだって、と小夜子は得意そうに言うけれど、本当になんの見返りも期待していないなんてことがあるだろうか。

「さてと」

小夜子が話を打ち切るように姿勢を正し、パソコンに向き直った。

「これ、パスワードがいるみたいだけど」

「パスワード？」

そんなこと、森永いずみはひとことも言っていなかった。怒りのあまり忘れていたのかもしれない。

「どうしようかな」

ぼやきながらも、小夜子はさして困っているふうではない。むしろうれしそうに口もとをほころばせ、さっさと新しいウィンドウを開いて、なにやらキーボードをたたいた。青い画面の上端に、小さな白い文字が打ちこまれていく。

一行半ほどを書きあげたところで、小夜子はエンターキーを押した。たん、と小気味よい音が響いた。

そのとたん、ものすごい勢いで、大量の文字が勝手に打ち出されはじめた。

何度見ても、この光景には圧倒されてしまう。まるで誰かが死にものぐるいでキーボードを打っているかのようだ。僕が息をのんで見つめているうちにみるみる文字は増え、あっというまに画面全体を埋めつくした。アルファベットも数字も、漢字もカタカナもある。見慣れない、珍妙なかたちの象形文字みたいなものもまじっている。それぞれが違うリズムでちかちかと点滅している様子は、小さな虫がうごめいているように見える。

「わかった」

満足そうにモニターを眺め、小夜子が言った。

パスワードを使ってサイトを開き、書きこまれている内容を読んでみて、森永いずみがあれほど憤激していた理由がわかった。

性格がゆがんでいる。浮気性。複数の男に貢がせている。整形している、中絶している、売春している。おびただしい数の罵詈雑言（ばりぞうごん）は、すべて同じ人物――ハンドルネームは〈セイギノミカタ〉――が投稿していた。あらゆる角度から、執拗に、いずみを貶めようとしている。

「これはひどいね」

小夜子も顔をしかめている。ここまでしつこく書き連ねられると、かえって真実味も乏しいが、書き手のすさまじい執念は伝わってくる。このはてしない悪意はどこからくるのか、セイギノミカタはいずみになにをされたのか、書かれている具体的な内容よりも、そっちのほうが気になってくる。

「誰が書いてるか、わかる？」

「ちょっと待って。たどってみる」

小夜子はまたさっきと同じように青い画面を立ちあげて、キーボードを打った。再び白い文字があふれ出す。

僕ははじめ、これらがなんらかの文章をなしているのだとばかり思っていた。英語やフランス語と同じように、一定の文法に基づく特殊な言語でつづられていて、普通の人間には読めないが、小夜子には読めるのだと解釈していた。

「いや、読めないよ」

小夜子は言下に否定した。

「このままじゃ無理。暗号化されてるもん」

暗号なら、僕にもなじみがあった。子どもの頃から好きだった推理小説によく出てきたからだ。宝物の隠し場所を仲間に伝えたり、真犯人の情報を本人には気づかれずに残しておきたいときに使う。

「小夜子は暗号が解けるの？」

少しどきどきして聞いた。難解な暗号をやすやすと解いてみせる探偵やスパイは、僕にとってあこがれの的だった。

「解けないよ」

小夜子は苦笑して、いとおしそうにパソコンをなでた。

「解くのはこの子。わたしはお願いしてるだけ」

インターネット上でやりとりされる情報、特に個人情報は、ほとんどが暗号化されている。それを解くのは、

「鍵のかかった箱を開けるみたいなものだよ」

と小夜子はいつになく饒舌(じょうぜつ)に説明してくれた。

「なにが入っているのかわからない箱の、中身を確かめるの」

小夜子いわく、肝心なのはその後だという。元どおりに鍵をかけ直し、開いた痕跡を残さないこと。中身を奪いたいだけなら、箱をこわせばいい。力ずくで鍵をもぎとってもいい。でも小夜子の目的は、略奪ではない。誰にも知られず自由に鍵をかけたりはず

したりすることが、純粋に楽しいらしい。

「今回は名前だけでいいよね？」

画面から目を離さずに、小夜子が聞く。

箱は、無数にある。名前だけではない。メールアドレス、ウェブサービスのアカウント名、住所、生年月日、銀行の口座番号やクレジットカードの番号にいたるまで、セイギノミカタがネット上で使っている情報すべてが、ひとつひとつ箱に入っているはずだ。

「うん。名前がわかればいいよ」

僕が答えると、たん、と小夜子がキーを押した。画面の左上の角から右に向かって、今度はゆっくりと一文字ずつ順に、カタカナが浮かびあがった。

「え？」

僕は声をもらした。表示された名前は、いずみから聞いたものと違っていた。

僕がその名前を告げると、森永いずみは顔色を失った。

「そんなはずない」

両手で口もとをおさえ、かすれた声でつぶやく。

「でも、違ったんですよ」

「うそ」

「うそじゃないです」

僕は少しむっとして答えた。小夜子は決してしくじらない。その点に関しては、譲れない自信がある。

「ちゃんと調べたんだから、間違いありません」

もっと言いたいところだったが、口をつぐんだ。長いまつげにふちどられたいずみの両目から、今にも涙がこぼれ落ちそうになっていた。彼女が放心したように黙りこくっている間、僕はその横でなす術もなくじっとしていた。

三十分ほど経って、ようやくいずみは口を開いた。名前の主は前につきあっていた相手ではなく、今の彼だという。

その時点で、けれど彼女はもう立ち直っていた。目のふちにたまっていた涙もすっかり乾いていた。行動はすばやかった。さっそく彼に電話をかけて、中庭に呼び出したのだ。

五分も経たないうちに、そいつはやってきた。いずみの姿を見つけてとろけそうな笑みを浮かべたのもつかのま、隣に座っている僕をみとめるなり、一転してひどく険しい顔つきになった。笑っているときは達也も負けるくらいの男前なのに、目をすがめたとたんに人相が悪くなる。

ベンチの前までやってきたセイギノミカタは、いずみに向かってたくましい腕をさしのべた。運動でもやっているのか、体格もいい。彫りの深い顔とあいまって、ギリシャ彫刻を連想させる。

「いずみ、行こう」

彼女はその手を振りはらった。彼をひたと見据えて、冷ややかな声で言った。

「別れましょう」

「は？　なに言ってんだよ？」

彼は上ずった声で応じた。口もとは微笑(ほほえ)んでいるものの、目は鋭い。テレビの恋愛ドラマさながらの、緊迫したやりとりだった。美男美女の応酬というのはなんともいえない迫力がある。

と、のんきに観戦している場合ではなかった。

「こいつか？」

セイギノミカタが僕をねめつけた。目の奥で暗い憎悪が燃えている。今にも殴りかかってきそうだ。

「そんなわけないでしょ」

いずみがあきれたように言った。彼が瞬時にうなずく。

「だよな」

自分で疑っておきながらなんなんだ。

文句はとりあえずのみこんで、僕はベンチから立ちあがった。頼まれた仕事は果たした。あとは本人たちの問題だ。痴話げんかにかかわりあうひまも趣味もない。

ところが、いずみは僕の手首をつかんで、高らかに言い放った。

「でも、教えてくれたのは彼なの」

「ああ？」

セイギノミカタがどすの利いた声を出し、僕はベンチに尻もちをついた。いずみはかまわず、挑むように彼を見上げて啖呵を切った。

「わたしのことがきらいなんでしょ？　それなら直接、正々堂々と言いなさいよ。こそこそネットに書きこんだりしないで」

セイギノミカタの顔が、みるみる真っ赤に染まった。いずみは勝ち誇ったように胸をそらし、どういうわけか僕に腕をからめてくる。

「ねえ、言えばいいでしょ？　今、ここで。ちゃんと聞いてあげるから」

おかしくないか、とそこでようやく気がついた。

どこからどう見たって、彼がいずみのことをきらっているとは思えない。たった数分でも、彼女に対する執着はひしひしと伝わってきた。そんなに大好きな相手のことを、なぜサイト上で罵倒するのか。もしや特殊な愛情表現なのか。それって屈折しすぎじゃないか。

「どういうつもりなの？」

いずみが吐き捨てるように言った。セイギノミカタががっくりとうなだれた。

「どういうつもりだったの？」

小夜子が首をかしげた。

森永いずみに解放された後、僕はまっすぐ小夜子の家に向かった。母親が留守だったので、中に入れてもらえるまでにだいぶかかった。小夜子は集中しているとき、電話の着信音も玄関のドアチャイムも耳に入らない。

「好きだから、書いたんだってさ」

いずみに命じられるまま中庭の芝生で土下座したセイギノミカタの姿を思い出して、ため息が出た。

「どうして？　好きなのに？」

小夜子はきょとんとしている。

「わけわかんないな。男心は複雑なんだね」

たぶん男女は関係ない。

暗号化されたパスワードはまたたくまに解いてみせるくせに、こういう心の機微に関して小夜子は疎い。僕もそのへんの知識は実体験ではなく小説から仕入れているのでえらそうなことは言えないけれど、小夜子に比べればまだましだと思う。

もちろん、彼は森永いずみを憎んでいるわけではなかった。その反対だ。愛情の度が過ぎて、他の男が寄ってこないように、根も葉もない悪評を流していたのだった。

「でも、反省してたんだ？　もうやらなそう？」

「うん」

反省を通り越して、セイギノミカタは生気というものを失っていた。最低、最悪、といずみに容赦なくこきおろされるたびに、大きな体が縮んでいくようだった。自業自得といえば自業自得なのだが、あまりの落ちこみぶりはかわいそうになってくるくらいだった。帰り際に振り返ったときにも、まだ悄然（しょうぜん）と地面に膝をついていた。再犯の可能性は限りなく低そうだ。

「じゃあ一件落着だね」

小夜子が勢いよく立ちあがる。すでに心はパソコンの前に飛んでいるようだ。

「あ、待って」

伝えなければいけないことが、もうひとつ残っている。

「森永先輩がお礼させてほしいって」

「お礼？　なになに？」

「遊園地」

「え？　なにそれ？」

　隣市にあるその遊園地の名を僕が告げると、小夜子はぽかんとして聞き返した。僕がいずみからこの話を切り出されたときと、同じ反応である。なんでも、父親の仕事の関係で、チケットが安く手に入るらしい。

「全部おごってくれるって」

「ふうん。いいんじゃない、行ってきたら？」

「でも」

　僕は口ごもった。

「小夜子はいいの？」

「え？　なんで？」

「だって、お礼をしてもらうべきなのって小夜子だし」

　僕は依頼をとりついだだけで、別になにをしたわけでもない。真犯人を探りあてた小夜子をさしおいて謝礼を受けとるのは気がひける。

「いいよ、わたしはなんにもしてないもん。誠のほうが大変だったでしょ」

　意見が食い違うのはいつものことだった。わたしは座ってパソコンをいじってただけだから、と小夜子は主張する。でも誠は、ひとに会ったり話を聞いたり、いろいろ働いてるじゃない？

「気なんか遣わないでよ。楽しんできて」

それにしても、幼なじみが絶世の美少女に誘われて、ちょっとは気になったりしないのか。一応、女の子なんだし。この発想も、小説の読みすぎだろうか。

「そうだ、おみやげ買ってきてくれる?」

小夜子がうれしそうに言った。こういうところは女の子なのにな、と口に出すかわりに、僕は黙ってうなずいた。

2

約束した時間ちょうどに、僕は待ちあわせの駅に着いた。構内にある大きなからくり時計が、十時を告げる鐘を鳴らしはじめる。

時計台の下に、森永いずみはすでに来ていた。ピンクのカーディガンに、白いひらひらしたミニスカートを合わせている。隣に立っている、派手なアロハシャツを着たどこかの若い男も、長くまっすぐな脚から目が離せなくなっているようだ。

いずみが僕に気づき、大きく手を振りはじめた。男もこちらに顔を向けて、目をみはった。だらしなく半開きになった口から、なぜこいつが、という声が今にももれてきそうだ。

気持ちはわからなくもない。

「おはよう。晴れてよかったね」

「おはようございます」

隣の男は気を取り直したらしく、今度は僕をにらみつけてくる。気持ちはわからなくもないが、勘弁してほしい。

「ああ、楽しみ。なにから乗る？　やっぱりジェットコースター系がいいよね？」

彼の目つきがいよいよ鋭くなる。僕は高所恐怖症なのに、そんなにこわい顔をされても困る。

「誠」

後ろから大声で呼びかけられて、ほっとした。僕といずみが、ついでに隣の男も、そろって振り向く。

「ごめん、ごめん。遅くなった」

謝っているわりには悠々とした足どりで、達也が時計台に近づいてきた。

「はじめまして」

いずみが満面の笑みを浮かべた。さっきまでよりも少し声が高い。

「どうも」

達也の声はいつもと変わらない。隣の男は僕たち三人を見比べて、再び最初のぽかんとした顔つきに戻った。どういう関係なのか、わからなくなったのだろう。あきらめたように目をそらし、携帯電話をいじりはじめる。

実際のところ、関係、というほどの関係もない。僕の依頼人と、僕の親友は、互いに初対面である。しかしあらためて見ると、すらりとした長身でととのった顔だちのふたりは、お似合いといえばお似合いだった。この組みあわせなら、並んでいてもびっくりされたりにらまれたりはしないだろう。

自己紹介がすんだところで、ちょうど四人目がやってきた。

「アヤ！」

いずみが上機嫌で声をかけた。

小走りに近づいてきたアヤは、息をきらしていた。小柄で、いずみほど目をひく美人ではないけれど、黒目がちの大きな瞳が愛くるしい。紺地に白の小さな水玉模様が入った、涼しげなワンピースを着ている。

「ごめんなさい、遅くなって。電車が遅れちゃって」

「大丈夫だよ。みんな今来たばっかりだから」

いずみがほがらかに応えた。

お礼したいと誘われたときには、てっきりふたりきりだと僕は思っていた。緊張していたら、それぞれ友達を連れてこようと持ちかけられた。

ふたつ返事で承知した。そっちのほうが絶対に気楽だ。よっぽどの自信家でなければ、いずみと一対一になるより、友達をまじえるほうを選ぶと思う。下心を持つには彼女は美しすぎるし、わかりやすすぎる。少なくとも僕は、明らかに男として数えられていない。

「楽しみだな。おれ、あそこ行くのってひさしぶり」

達也がうきうきと言う。僕といずみは知りあいの知りあいどうしだと、達也には説明してある。

「とりあえずジェットコースターだよな」

「達也くんもジェットコースター好きなの？」

いずみが甘い声を上げげた。やっぱり、すごくわかりやすい。


達也といずみが、ものすごい速度で目の前を通り過ぎていく。

悲鳴とも歓声ともつかない絶叫とともに、ぐんぐん遠ざかっていくジェットコースターを、僕とアヤは下のベンチで見送った。恐怖がよみがえったのか、アヤは両腕で自分自身を抱くようにして身を縮めている。

こわいからいやだと尻ごみしていたのに、いずみに半ばひっぱられるようにして乗せられたのだ。ふたりずつ並ぶかたちの座席で、先頭にいずみと達也、その後ろに僕とアヤが座った。隣でかわいそうなくらいおびえているアヤに気をとられ、僕のほうはおそれていたほど取り乱さなかった。一回乗った後、涙を浮かべているのをみかねて、一緒に休憩しようと僕から申し出た。

「すみません。つきあわせちゃって」

膝の上にちょこんと手をそろえ、アヤが言った。こちらが年下なのに敬語で話しかけられると、なんだかくすぐったい。

「僕も高いところは好きじゃないので」

正直に打ち明けたら、彼女は小さく笑った。

「じゃ、おそろいですね」

この遊園地の売りである、いろんな動物のキャラクターの着ぐるみが、ひょこひょことユーモラスな動きでベンチの前を横ぎった。向こうから歩いてきた子どもたちが、きゃー、と甲高い声をはりあげて駆け寄っていく。

そこで、会話がとぎれてしまった。ふたりそろってジェットコースターのレールを見上げる。日頃あまり女子と話す機会がないので、なにを喋っていいのかわからない。特に、アヤみたいにきれいな子とは。

入学してひと月も経たないうちに、クラスの女子はいくつかの小さなグループに分かれた。それぞれが、みごとに似通った者どうしで構成されている。おしゃれだったりまじめだったり、うるさかったり内気だったり、個人というよりグループそのものが性格を持っているようにさえ見える。

男だと、達也と僕みたいに、違うタイプどうしがつるむ場合もある。同じ山田という苗字(みょうじ)で出席番号が連番になり、入学式の席が隣だった、そんな平凡きわまりないきっかけで話すようになった僕たちは、どういうわけかとても気が合った。これまた平凡すぎて好きになれなかった苗字が役に立ったのは、はじめてといっていい。すぐに下の名前で呼びあいはじめたのは、親しいしるしというよりも単にややこしいからだが、それだけで僕までクラスの女子から一目置かれている気配がある。

達也の横で彼女たちを観察するのは、なかなか興味深い。達也と正面から向きあったときの反応は大きく分けて三種類ある。そわそわと落ち着かなげにうつむく子が七割、怒ったようにそっぽを向く子が二割、それからさっきのいずみみたいに、目をぱっちりと見開いてふだんよりも高い声で話し出す子が一割いる。同じグループの女子は、たいがい同じ反応を示す。

達也に限らず、男子との距離も、属しているグループによって決まる。いずみとアヤは同じグループのはずだ。彼女たちのように、いわゆる「レベルが高い」とクラスメイトの間で評されそうな女子たちは、同じようなレベルの男子と仲がいい。クラスの女子のうち、達也に頻繁に声をかけてくる顔ぶれは決まっている。彼女たちは明るくかわいく、たいていその自覚もあり、だからこそ強気だ。僕は彼らの会話を横で聞いているだけで、ほとんど口は挟まない。気まぐれに話は振られても、向こうのめあてはあくまで達也なのだから、なるべくじゃましない。

別に、不満はない。女子に軽口をたたいたり、冗談を言いあってふざけたりするなんて、僕には向いていない。気後れするし、気疲れする。堅苦しく考えずに喋れる女子なんて、小夜子くらいだ。

「そうだ、おみやげ」

無意識に声がもれていたようで、アヤが不思議そうに言った。

「おみやげ?」

「あ、ええと、おみやげを買ってく約束をしてて……」

どこまで説明したらいいのか、途中でわからなくなった。きちんと話そうとすると長くなる。いずみがアヤにどう伝えているのかもわからない。遊園地のチケットが僕への謝礼だというところまでは、もしかしたら話しているかもしれない。が、本来それを受けとるべきなのは僕ではなく、問題を解決した幼なじみだというのは、依頼主であるいずみさえ与り知らないことである。

「友達に」

かろうじて言い添えた。これでは説明になっていないが、アヤはおとなしくうなずいた。さらに、僕からは切り出しづらいだろうと気を遣ったのか、いずみたちが降りてくるなり、売店に行こうと提案してくれた。

カラフルな店内は客でごったがえしていた。入口近くでは四人で固まって動いていたけれど、すぐにはぐれてしまった。僕は壁際に身を寄せ、周りを見回した。女性客が圧倒的に多い。ぬいぐるみを抱え、キャラクターのあしらわれたマグカップやボールペンを握りしめ、なにかにとりつかれたような目つきで棚を物色している。

きょろきょろしているうちに、人波の向こうにぴょこんと突き出ている達也の後頭部を見つけた。

くまのぬいぐるみが並んだ、背の高い棚の前だった。手のひらにのりそうな小さいものから赤ん坊ほどの大きなものまで、さまざまなサイズが上から下までぎっしりと詰まっている。達也はピンクのくまを手にとり、しげしげと眺めていた。

達也、と声をかけたとき、いずみが反対側から近づいてくるのが見えた。後ろにアヤもいる。

「ほしいの?」

いずみがからかうような口調で達也にたずねた。

「もしかして彼女におみやげとか?」

「いやいや、そんなんじゃ」

達也があたふたとピンクのくまを棚に戻した。いつも泰然としている達也らしくもない、あせったような早口だった。いずみはわずかに眉を寄せ、すぐ笑顔に戻った。

「これ、かわいいね」

「うん、かわいい」

アヤは真剣な顔で、達也が見ていたものよりひと回り小さなくまと見つめあっている。

「ねえアヤ、おそろいで買わない?」

「だけどわたしの部屋、ぬいぐるみだらけだからなあ」

「ああ、確かに。いかにも女の子の部屋って感じだよね」

「もうちょっとおとなっぽくしたいんだけどね」

　アヤが照れくさそうに首を振り、ふわふわしたくまの頭を優しくなでた。いかにもどころか、そもそも女の子の部屋に足を踏み入れた経験のない僕でも、暖色でまとめられたこぢんまりとした室内を思い浮かべることができた。ギンガムチェックのカーテン、キルトのベッドカバー、ベッドサイドに並べられたぬいぐるみ。

　いや、違った。単純に性別だけでいえば、女の子の部屋に入ったことは僕にもある。ただし小夜子の部屋にぬいぐるみはひとつもなく、大きなパソコンばかりが目立っているが。

　結局、誰もぬいぐるみは買わなかった。

　いずみとアヤはおそろいのポーチを、僕と達也はおそろいのボールペンを買った。ピンクのくまがついているやつだ。

　同じおそろいでも、僕たちのボールペンといずみたちのポーチはもちろん用途が違う。僕の分はともかく、達也のおみやげは誰のためのものなのか、いずみはもう聞かなかった。僕もたずねなかった。入学した当初は特定の誰かはいないと聞いていたけれど、最近になってつきあいはじめたのかもしれない。あるいは気になる子が現れたのかもしれない。いずれにしても、言いたければ言うだろうし、言いたくないなら無理に問いつめることでもない。

「そうだ、達也くんの連絡先も教えてよ」

いずみが言い出したのは、帰りの電車に乗りこんだ直後だった。女子ふたりが席に座り、僕と達也はその前に立っていた。窓から人工の山や城が見える。その上に浮かんだ赤い夕日まで、つくりものめいている。

「写真、送ってもらいたいし」

いずみがつけ加えた。吊革につかまってさっそく舟をこぎかけていた達也は、だしぬけに話しかけられてぽかんとしている。

園内で、通りかかった着ぐるみたちをつかまえて、何枚か写真を撮ったのだった。僕と達也が交代で携帯電話のカメラをかまえた。アヤは自分も代わろうかと申し出てくれたが、迷わず辞退した。いずみのほうは、自分が入らないという発想がないようで、常に中央で艶然と微笑んでいた。

達也がうながされるままに、携帯電話を取り出す。いずみの連絡先を知っている僕をとおして、写真を転送すればすむというのは、指摘しないほうがよさそうだった。

「じゃあ、わたしも」

アヤも遠慮がちに口を挟んだ。ぼんやりとやりとりを見守っていた僕を見上げて、

「もし、よかったら」

と小声でつけ加えた。


いずみとアヤが地下鉄に乗り換えた後、空いた席に達也と僕が並んで座った。

「楽しかったな」

達也は大あくびをひとつしてから、屈託なく言った。

「誘ってくれてありがとう」

「こっちこそ、つきあってくれてありがとう」

あの顔ぶれで、身がまえも尻ごみもせず、素直に楽しめそうな友達は他に思いつかない。さっきからしきりにあくびを連発しているのも、精神的疲労ではなく肉体的なそれのせいだろう。

「ああ、ねみ。そうだ誠、めしは？　どっかで食ってかない？」

「いいけど、眠いんじゃないの？」

「眠いけど腹もへった」

「達也ってほんと、欲望のおもむくままって感じだなあ」

皮肉というより感心して、僕は言った。達也が不服そうに口をとがらせる。

「エロい言いかたすんなよ。健康な証拠だって」

「どこがいいかな？　どっか途中で降りる？」

「なに食うかによるよな」

つぶやいて、達也は携帯電話をポケットからひっぱり出した。

「あれ、メールだ」

「ああ、森永先輩？」

達也がびっくりしたように僕を見た。

「なんでわかんの？」

普通はわかる。

「そうだ、写真だったよな」

僕も自分の携帯電話を出した。忘れないうちに送っておいたほうがいい。いずみがほしいのは、僕の撮った写真のほうだろう。達也が撮った写真には、当然ながら達也は写っていない。

「誠にも送っといたよ」

達也はすいすいと作業を終え、僕の手もとをひょいとのぞきこんだ。

「なにやってんの？」

僕のほうは、苦戦していた。日頃は写真を撮ることも送ることもほとんどないので、勝手がわからない。

「さっき登録したアドレスが見つからない」

「ちゃんと保存してなかったんじゃないの？　誠ってほんと、まじめに見えてどっか抜けてるよなあ。詰めが甘いっていうか、ひきが弱いっていうか」

達也はからからと笑っている。抜けているというより、慣れていないせいだと思う。連絡先を交換する機会は、写真を送るそれよりもさらに少ない。

「だめだ。わかんない」

僕は携帯電話を膝の上に放り出し、座席にもたれかかった。

アヤが連絡先を聞いてくれたのは、うれしかった。でも、これからどうすべきなのかはよくわからない。あれこれと気をもむより、いっそ連絡先がわからないほうが、むしろさっぱりする気もする。こういうところがひきの弱い男の所以だろうか。

「冗談だよ、教えてやるから落ちこむなよ」

達也が僕の肩をたたいた。

「そうだ、さっきおれが送ったメールの宛先にも入ってるし、それを見れば？」

「まだ届いてないけど」

「え、ほんとに？　添付が重すぎて遅いのかな？　それとも送信ミス？」

達也がぶつぶつ言いながら、自分の携帯電話に目を落とした。

「いや、ちゃんと送れてるけど」

言いかけて、息をのむ。

「やべ」

「どうした？」

「送り先、間違えた」

詰めが甘いのはどっちだよ、とは言いそびれた。達也の顔がひどく青ざめていたからだ。


家に帰る前に、小夜子のうちに寄った。

夕食どきなので念のため電話してみたら、食べはじめるまでにはまだ間があるという。ちょうど母親もそばにいたようで、よかったら誠も食べてけばって言ってるよ、とありがたい誘いまで受けた。達也との食事が急遽中止になったので、遠慮なく厚意に甘えることにした。

昔はよく小夜子の家で夕食をごちそうになった。共働きのわが家では、平日は両親とも帰りが遅い。僕は幼少時から、作り置きやできあいのおかずを適当にあたため、ひとりでテレビを見ながら食べていた。慣れているのでとりたてて不満もなかったが、事情を知った小夜子の母親が不憫がり、たびたび誘ってくれたのだ。

玄関のドアが開いたとたんに、香ばしいにおいが漂ってきた。

「コロッケだよ」

　出迎えてくれた小夜子が言った。

「お父さんがあと三十分ちょっとで帰ってくるから、それまで待ってもらっていい？おなかすいてるなら、先に食べはじめてもいいってお母さんは言ってるけど」

「いいよ、悪いよ」

　そのほうが都合がいい、とはとりあえず言わずにおいた。キッチンで支度をしている母親に挨拶し、食事の時間について同じやりとりを繰り返してから、小夜子とふたりでリビングに入る。まずはくまのボールペンを渡した。

「わ、かわいい。ありがと」

　気に入ってくれたようで、ほっとした。みやげを届けるという名目で訪ねたわりにはささやかすぎる気もするけれど、やむをえない。

「だけど、そんなに急いで持ってきてくれなくてもよかったのに」

　小夜子がふと真顔になって首をかしげた。いつになく鋭い。どうせ帰り道だし、とあわてて答えた僕の顔を、疑わしげにじろじろと見ている。

「もしかして、なにかあった？」

「……うん」

　僕が白状すると、小夜子はリモコンを取りあげてテレビをつけた。コマーシャルのにぎやかな音楽が流れ出す。これならキッチンまで話し声は聞こえないだろう。

マコト違いだと達也は言った。マコトとマコトを間違えた、と。

最初はわけがわからなかった。メールの送信画面を見せられて、ようやく僕も事情を理解した。宛先の欄に、「真琴」と表示されていたのだ。

「間違えたって謝れば？」

達也の携帯電話に、僕の名前は「誠」ひと文字で登録されていたらしい。メールの宛先を呼び出そうとして、あいうえお順で並んだ名前の中から、うっかり「真琴」を選んでしまったようだった。

「だめだよ。あいつ、絶対に怒り狂う」

「でも送っちゃったものはしょうがないし」

「どうしよう。まずい。やばすぎる」

達也は頭を抱え、おろおろしていた。メールの宛先を間違えたくらいで、普通そんなに怒るだろうか。しかも、あいつ、と呼ぶくらい親しい仲なのに。そこまで考えて、ぴんときた。

単にメールを誤送しただけで、相手が激怒するとは思えない。問題は、メールの中身じゃないか。

「今日のこと、彼女に言ってないの？」

達也が力なくうなずいた。

それは確かにまずい。おまけに写っているのはいずみとアヤだ。あのふたりとこっそり遊んでいたなんて、普通の女の子ならいい気持ちはしないだろう。怒り狂うという達也の表現も、あながちおおげさではないかもしれない。

「間違えて送っちゃったメールを消したい？」

小夜子は明らかに気乗りしない様子で、腕組みをした。

「それ、自業自得じゃないの？　潔く謝ったほうがよくない？」

「そうなんだけど、声をかけたのはこっちだから、なんか悪くて」

僕が誘ったのがそもそもの発端ともいえるので、やや責任を感じる。それでつい、どうにかできないか調べてみようか、と言ってしまったのだ。そういうのに詳しい知りあいがいるからなんとかなるかもしれない、うまくいく保証はないけど、と。達也は僕に抱きつかんばかりの勢いで喜んだ。

「メールサーバって難しいんだよね」

小夜子はまだ渋い顔をしながらも、組んでいた腕をほどいた。

「それに、彼女がもう見ちゃってるかもよ」

僕もついさっき、達也に同じことを聞いた。そうしたら、そこは心配ないと言いきられた。

真琴はちょうど修学旅行中らしい。携帯電話を持っていくのは禁止されていて、出発前に教師が全生徒の分を回収し、学校に保管しておくのだそうだ。明日の夕方に帰ってきて返してもらうまでは連絡がつかない、と本人が言っていたという。

「へえ。厳しい学校なんだね」

それも、僕と同じ反応だった。

「星和女学院の子なんだってさ」

「そっか、星和ならありえるかも」

星和女学院は隣町にある私立の名門女子校だ。小学校から高校までエスカレーター式の一貫教育を謳(うた)っていて、いわゆるお嬢様学校として定評がある。

「修学旅行ってことは、高三？　年上ってこと？」

小夜子に聞かれてはじめて、その可能性に気づいた。僕はなぜか中三だとばかり思いこんでいた。

「わかんないな。そのへんは、あんまり詳しく聞かなかったから」

本当は、聞きたかった。いつからつきあいはじめたのか。どんな外見で、どんな性格なのか。黙ってるなんて水くさいじゃないか、と文句を言いたい気分もあった。

どういうきっかけだったのかも、興味がある。達也はもてるわりに、あるいはもてるからかもしれないが、女の子に対して淡白だ。つきあう気になるなんて、よほど心を動かされたからに違いない。向こうから告白されたのか、達也のほうが先に惹かれたのか。そういえば、電車の中で達也に手紙を渡してきたのも、星和の子だったはずだ。もしや彼女が真琴なのか。あのときは断ったと言っていたから、やっぱり別人なのか。けれどそういうことを、軽く話せる雰囲気ではなかった。達也はまるでこの世の終わりみたいにうなだれていた。

「ま、いいか。とりあえずやってみよ」

小夜子がテレビを消して立ちあがった。いつもと同様、依頼人の事情に特段の関心はないらしい。キッチンをのぞき、母親に声をかける。

「お母さん、ごはんまで誠と部屋でゲームしててもいい？」

「いいけど、お父さんが帰ってきたらすぐに食べはじめるわよ」

「大丈夫。それまでにはちゃんと終わるから」

僕もそう思った。

自室に入った小夜子はすぐにパソコンを立ちあげて、かたかたとキーボードをたたきはじめた。僕は隣に座り、なんとなく部屋を見回した。やはりぬいぐるみはない、と確かめてしまうとなにもすることがなくなって、躍るような小夜子の指さばきをぼうっと眺めた。

階下から油のはねる音が聞こえてくる。バターのこげるような甘いにおいが、鼻をくすぐる。僕からの連絡を待ちわびているだろう達也には悪いけれど、なんだかひどく安らかな、なつかしい気分になってくる。幼い頃も、こうして食事を待ちながら、パソコンと向きあう小夜子の姿を見ていたものだ。

むろん当時は、小夜子にもたいしたことはできていなかったのだと思う。たとえばサーバにしのびこんで他人のメールを削除するなんて、小さな子どもにはまず無理だ。それでも、父親の書斎で大きすぎる椅子によじのぼった小夜子が器用にマウスを操っている様子を、僕はかたずをのんで見守った。次々に新しい画面を開いていく小夜子は、手品師にも魔法使いにも見えた。

小夜子は時折僕のほうを振り向いて、見て、と画面を指さした。モニターに映っているのはたいがい、写真か動画だった。テレビコマーシャルだったり、スナック菓子のパッケージだったり、街なかに貼ってあるポスターだったり、どこか見覚えのあるものなのに、よくよく見ると本物とは微妙に違った。化粧品の広告ですまして口紅を塗っている女優は、なぜか歯を見せて爆笑している。反対に、紙おむつのコマーシャルでは、無心な笑みを浮かべて母親に抱かれているはずの赤ん坊が顔をくしゃくしゃにして泣き叫んでいる。俳優が目をつぶってしまっていたり、よそ見をしていたり、端っこにスタッフらしき人影が写りこんでいたりもした。おそらく、撮影の過程で生まれた試し撮りか失敗作か、ともかく人目にふれる最終的な完成品としては使われなかった副産物が、どこかに保管されていたのだろう。いわば舞台の表と裏の対比がおもしろくて、僕は夢中で見入った。すごいな、とほめると、小夜子は得意そうにうなずいた。

　あまりの熱中ぶりを心配した母親から禁じられても、小夜子は言いつけを守らず、親の目を盗んではパソコンをいじり続けた。僕も母親に連れられて小夜子のうちへ遊びにいったときには、自分の親にも小夜子の親にも黙っておくと誓わされた上で、書斎に入れてもらっていた。

　ところがある日、いつものように電源を入れると、見慣れない画面が現れた。今考えれば、言うことを聞かない娘に業を煮やした両親が、起動のためのパスワードを設定したのだろう。小夜子はしばらく奮闘していた。いろんなキーをでたらめに押したり、いったん電源を切って、また入れ直したりした。もちろんパソコンはかたくなに沈黙を守った。

　小夜子は激怒した。パソコンを使うのは禁止されていたことも忘れて、書斎から飛び出し、リビングで話しこんでいた母親たちのところへ走っていった。

　当然ながら、小夜子の抗議は聞き入れられなかった。それどころか、きつくしかられた。僕までついでに怒られた。小夜子は泣きわめき、それでも母親が動じないのを見ると、足音荒く出ていった。僕はついていかなかった。これ以上とばっちりを受けたくなかったのだ。

母親たちは何事もなかったかのように、会話を再開した。僕は持参した児童書を開いて読みはじめた。小夜子がパソコンを必要としているように、僕は本を必要としていた。自分の必要とするものがおとなに受け入れられやすくてよかった、と思っていた。

天井から大きな音が響いてきたのは、その数分後のことだった。

なにか重いものが落ちたような、鈍い、不穏な音だった。当時流行していた、戦闘ものテレビアニメを、僕は思い起こした。巨大なロボットどうしが死闘を繰り広げ、負けたほうが力尽きて地面に倒れるときに、よく似た効果音がつけられていた。静まり返った街に轟音がとどろきわたり、ビル群を下敷きにして横たわる巨体からどす黒い煙が上がる。

今度は小夜子の母親が、リビングから飛び出して二階の書斎に駆けつけた。僕と母も後を追った。パソコンは、アニメのロボットたちと同じように、床の上でひっくり返っていた。煙こそ上がっていないものの、死んでいるのだとわかった。その傍らで、小夜子が放心してうずくまっていた。

うつろな瞳はよく覚えているのに、なぜかその後のことは記憶にない。ただ、この騒動によって、みんながそれぞれの立場から、それぞれ異なる教訓を得た。

小夜子の両親は教育方針を変えた。変えざるをえなかった。娘にパソコンを一切さわらせないというのではなく、一日の制限時間を設けることにした。小夜子はそれをきちんと守るようになった。癇癪を起こして大好きな相棒を失ってしまい、子ども心に反省したのだろう。

そして僕も、肝心なときに小夜子のそばにいられなかったことを、後悔していた。もしも一緒にいたら、小夜子が力任せにパソコンを床にたたき落とす前に、思いとどまるよう説得できたのではないか。なんの知識もないくせに、小夜子のやっていることやレイジの存在をなにかと気にしてしまうのは、あのときの苦い気分がまだわだかまっているからかもしれない。

「だめだ。入れない」

小夜子の声で、僕は現実に引き戻された。

聞き返すと、小夜子はむっとしたように答えた。

「入れないの？」

「言ったでしょ、難しいんだよメールサーバは」

「いや、それはわかってるけど」

非難するつもりはなかった。小夜子にもできないことがあるのかと純粋に驚いただけだ。

「こないだとか、パスワード解くのに五分もかかってなかったし」

「だってスケールが違うもん。携帯電話会社のサーバだよ？　何千万人も使ってるんだから。こういう、ちゃんとした会社のちゃんとしたシステムは、いきなりやろうとしたって無理なんだよ」

小夜子はあきれ顔で言う。確かにそうだ。なにかあったら大問題になる。セキュリティ対策は万全に違いない。

「もうちょっと時間があったら、いろいろしこんだり、しかけたりもできるかもしれないけど」

「もうちょっとって、どのくらい？」

「やってみないとなんとも言えないけど、一週間とか？　最低でも三日くらいはほしいかな」

それではまにあわない。真琴が帰ってきてしまう。

「そうか、だめかあ」

肩を落としている僕が気の毒になってきたのか、それとも投げ出すのはやはり悔しいのか、小夜子は首をひねりながら、いくつかキーをたたいている。

「なんかいい方法ないかな。メールサーバって、あんまり見てみたことないんだよね。日頃からチェックしてれば、手がかりも見つかるかもしれないけど」

そこで口をつぐみ、僕を見た。

「頼んでみようか？」

「誰に？」

　一応はたずねたが、返事を待つ必要はなかった。この状況で助けを求められる人間は、ひとりしか思いつかない。反射的に首を横に振りかけたとき、達也の情けない顔が僕の脳裏をよぎった。

　僕は大きく息を吐いてから、うなずいた。小夜子が再びパソコンに向き直った。画面の端に、水色のふきだしが浮かんだ。


　翌日、教室に入るなり達也が駆け寄ってきた。

「ありがとう！　まじで、ありがとう！」

　大声で連呼しつつ、僕を抱きしめる。十五センチの身長差があるので、僕は腕の中にすっぽりとおさまってしまう。クラスメイトたちが不審げにこちらをうかがっている。

「おおげさだって。落ち着けよ」

　僕は達也の腕からすり抜けて、自分の机に向かった。主人に従う飼い犬のように、達也がいそいそとついてくる。

「だって恩人だもん」

「おれじゃないよ。知りあいがやってくれたんだってば」

　厳密にいえば、知りあいが、そのまた知りあいに教えられた方法で、やってくれた。

でも実際にメールを削除したのは小夜子だから、この言いかたでも間違いではない。

「そんな知りあいがいる誠に、感謝してるんだよ！」

声が大きい。僕は達也の腕をつかみ、廊下にひっぱり出した。

「あんまり騒ぐなよ。こういうの、広まるとめんどくさいから」

「そうか。そりゃそうだよな」

達也は素直に声を落としたものの、さらにやっかいなことを言い出した。

「なあ、その知りあいのひとに会わせてよ。直接お礼が言いたい」

真剣な目をしている。いずみといい、面倒を解決してくれた恩人には、なんとか感謝を伝えたくなるものなのだろうか。

「無理だよ」

これまでは、表向きは僕の働きということにしていたので、小夜子が直接出てこなくてもすんでいた。しかし今回は、そうもいかない。

「え、なんで？」

「ほら、あの、忙しいから」

「時間はなるべく合わせるよ、昼でも夜でも。なにをやってるひとなの？」

女子高生、とは言えない。返事に窮していたら、後ろから声をかけられた。

「おはよう」

いずみだった。学校指定のあか抜けないかばんも、彼女の肩にかかっているとどこか洗練されて見える。いかにも教室に向かうついでという風情だけれど、これまでは一度もこの廊下ですれ違った覚えはない。

「どうしたの？　楽しそうだね」

また話がややこしくなりそうだ。内心げんなりしている僕の隣で、達也はさわやかに応えた。

「おはようございます。昨日はありがとうございました」

「こっちこそ。写真もありがとう」

「いえいえ、どういたしまして」

おかげで大変なことに、と僕は腹の中でつけ加える。

「あのね、ちょっと気になったんだけど、メールの宛先に知らないアドレスが入ってたよ？　もしかして間違えたんじゃない？」

ご名答だ。もしかしたら、いずみはあのアドレスそのものにも、きなくさいにおいをかぎつけたのかもしれない。アルファベットの間に顔文字もあしらわれた、かわいらしいものだった。

答えに詰まっている達也の横から、僕は口を挟んだ。

「おれに送ろうとして、別のアドレスを選んじゃったんだよな？」

「そっか。気づいてたのならよかった」

いずみは落ち着きはらって言った。また遊びに行こうね、と言い置いて去っていく後ろ姿を見送って、達也が話を戻す。

「やっぱり会えない？」

「わかった。じゃあ聞いてみる」

かたくなに断ろうとしてもらちが明かなさそうなので、あいまいにごまかした。達也が目を輝かせ、両手を合わせる。

「ありがとう。頼むよ」

「聞いてみるだけだよ」

と僕は強調した。


昼休み、弁当を屋上で食べようと達也に持ちかけたのは、そういえば真琴のことをちゃんと聞けていないと思いあたったからだった。

無事に修羅場も避けられたことだし、存分に冷やかしてやりたい。どこで出会ったのか、どんなきっかけでつきあいはじめたのか、そして、もうやることはやってしまっているのか。黒板の二次方程式を機械的に書き写しながら、古文の助動詞の活用を暗唱しながら、頭の中は質問だらけになっていた。ふだんは必ず居眠りしてしまう、やる気のない生物教師の授業中も、今日ばかりは眠くならなかった。

真琴はどんな子なんだろう。達也が惹きつけられたくらいだから、やっぱりものすごくかわいいんだろうか。たとえば、森永いずみくらい？　いや、達也はあまり女の子の外見に重きを置いていない気がする。とはいえ、さすがにぶさいくではないはずだ。だとしたら、小夜子くらいか？

しかし人気者の達也のことだから、教室の中でそんな話をはじめたら、誰が聞き耳を立てるかわからない。僕に話していなかったくらいだから、クラスの誰もまだ知らないだろう。うぬぼれかもしれないけれど、達也が大事な打ち明け話をするなら一番は僕だと思う。公にしたくない理由があるのかもしれない。

ふたりきりでゆっくり話したいという僕の願いが通じたのか、屋上は貸し切りだった。並んでフェンスにもたれかかり、脚を伸ばして座る。梅雨入り前の空は、すかんと晴れあがっている。たっぷり陽ざしを吸いこんだアスファルトはほのあたたかく、制服越しにじんわりと熱が伝わってくる。

それぞれの弁当箱を開けると、閉じこめられていたにおいがむわっとたちのぼった。話は食後に回そうと決めて、箸を取る。

「なあ、見て見て」

食べはじめてすぐに、達也が弁当箱を差し出してきた。なんの気なしに中身をのぞいて、僕はあぜんとした。

「どしたの、これ」

達也の弁当はいつも色鮮やかだ。専業主婦の母親は料理とお菓子作りが趣味らしい。冷凍食品と作り置きの惣菜で無理やり埋めてある僕の弁当とは一味違う。出勤前に早起きして用意してくれる母に感謝はしているけれど、差は歴然である。

その愛情弁当が、今日はいつにもまして凝っていた。たこのかたちをしたウィンナーやりんごのうさぎには今さら驚かないが、ごはんの上が圧巻だ。のりと鮭そぼろと錦糸卵で絵が描かれている。笑顔を浮かべたピンクのくまの、大きなまるい目が特徴的だった。

「力作でしょ」

息子が遊びに行ったと聞いて、考えついたのか。男子高校生の弁当としてはどうなんだろう。適切な感想が思いつかず、僕が言葉を探しているうちに、達也は惜しげもなく鼻のあたりをざっくりとすくった。かなり凄惨な図になった。

「マコがはりきっちゃって」

マコ、と頭の中で繰り返してみて、僕は箸を取り落としそうになった。

「これ、彼女が作ってくれたの?」

「そう。ボールペンのお礼だって。最近、料理にはまり出して、母親にいろいろ教えてもらってるみたいなんだよな」

　確かに達也も売店でボールペンを買っていた。僕が小夜子に買ったおみやげと同じものだ。でも。

「隠してたんじゃなかったの？」

「おれが行ったとは言ってないよ、おかげさまで。友達からもらったおみやげってことにして渡した。ちなみに友達の名前は誠くん」

　達也はすましている。どうしてそこまでして、と僕が聞くより先に、続けた。

「あいつ、あそこの遊園地が大好きなんだよ。特にこの、なんとかっていうくまがお気に入りらしくて。大喜びだった」

　いとおしそうに目を細めている。達也のこんな表情を見るのははじめてだ。

「連れてったげればいいのに」

「昔は家族でも行ったんだけどな」

「家族？」

　聞き返しながら、僕ははっと思いあたった。

　もしや達也と真琴も幼なじみなのか。ちょうど、僕と小夜子みたいに、昔から家族ぐるみで仲よくしてきたのか。つきあいはじめてまもないはずなのに、やけに親密そうなのも、そういう事情なら理解できる。幼なじみというのは、ちょっと特別だ。

「でもなあ、もうそういう年齢でもないしなあ」

「ふたりで行けば？」

「いや、さすがにそれはかっこわるいでしょ」

達也が恥ずかしそうに笑った。

「今さら兄妹(きょうだい)ふたりで遊園地なんて、ちょっとな」

真琴に関する質疑応答は、僕が想定していたそれとは、ずいぶんかけ離れたものになってしまった。

達也と真琴のつきあいは十一年に及ぶ。現在十一歳の真琴は、星和女学院付属小学校の六年生だ。四月からは料理クラブに入っている。小さい頃から兄にとてもなついていて、どこにでも一緒についていきたがった。達也が中学生のとき、真琴に内緒で友達と件の遊園地に行ったところ、へそを曲げてひと月も口をきいてくれなかった。

真琴について話している間、達也の目尻は下がりっぱなしだった。兄妹愛は一方通行でもないようだ。

「昔っから、がんこなんだ。まあでも、かわいいところもあって。最近はよくクッキーとかケーキとか焼いてくれるんだよ」

うれしそうに、手もとの弁当に目を落とす。ほとんど目だけになったくまが、僕たちをじっと見上げている。

「妹がいるなんて、知らなかったな」

拍子抜けしたせいか、頼りない声が出た。仲がいいつもりでいたのに、僕は達也の家族構成すら知らなかったのだ。

「ごめん」

達也が困ったように眉を下げた。

「実は、言いそびれてた」

妹のことになるとつい熱が入ってしまうので、あまり家の外では話さないように自重しているという。からかわれたり、否定的なことを言われたりすると、ついかっとなってしまうそうだ。

「別にシスコンってわけじゃないんだよ」

弁解するように言い添える。妹を守ってやるようにと小さい頃から親に言われ続けた結果、独特の責任感が生まれたらしい。

「わかってるよ」

いつも飄々（ひょうひょう）として、何事にもこだわらないように見える達也が照れているのは、どちらかといえばほほえましい。

誰だって、大事なものの話は切り出しにくい。ちょっと次元が違うだろうけれど、僕も小説のことはほとんど話さない。小夜子にしても、あの巨大なパソコンを誰にでも見せるわけではない。

「とにかくさ、ほんとに感謝してるんだよ、あのメールのことは。ちゃんとお礼を言いたいんだよ」

妹にきらわれてしまうのを、達也は心の底からおそれているようだ。

達也には本当のことを教えてもいいかもしれない。こんなにありがたがってくれているのだから、言いふらしたり、むやみに首をつっこんできたりはしないだろう。達也が真琴のことを話してくれたのに、僕だけ隠しごとをしているのも、なんだか申し訳ない。

「わかった。できるだけ早めに聞いてみる」

まずは小夜子の意向を確かめなければいけない。別にいいよと気安く承諾してくれそうな気もする。その後、なるべく早くふたりをひきあわせよう。

ちょうど当の小夜子を見かけたのは、屋上を出て教室へ戻る途中だった。他の階で授業があるのか、小走りに階段を下りていく。

「小夜子」

思わず声をかけたのは、達也とのやりとりが頭に残っていたからだ。僕たちが学校で言葉をかわすのは珍しい。階段の途中で振り向いた小夜子は、驚いたように目をみはっていた。

びっくりさせてしまったのが、よくなかったのだ。

そこから先の小夜子の動きは、まるでスローモーションのように見えた。首をこちらにねじって、なにか言いかける。口がゆっくりと開く。同時に、体がかしいだ。手がもがくように宙をかいたが、手すりには届かなかった。

小夜子は腰から階段に着地して、そのまま数段下の踊り場まですべり落ちた。小階段の上にも下にも、何人か生徒はいた。その場に立ちどまり、あっけにとられて小夜子を見つめていた。たった数秒のことだったと思う。その数秒後に、僕も含めて、皆が小夜子のほうに駆け寄った。

例外は、達也だった。小夜子の体が不安定に傾いた瞬間に、すぐさま階段を駆けおりはじめていた。さすがに着地にはまにあわなかったけれど、軽やかな三段飛ばしであっというまに踊り場までたどり着き、ぺたりと座りこんでいる小夜子に声をかけた。

「大丈夫？」

小夜子は両足を投げ出したまま、呆然として達也を見上げている。スカートがまくれあがっているが、目立った傷はないようだった。

「痛い？　立てそう？」

遅れて周りに集まった僕たちが見守る中で、達也がたたみかけた。小夜子はわれに返ったらしく、こくりとうなずいた。

「大丈夫」

細い声で言い、スカートの裾をひっぱりおろした。耳が赤い。達也がさしのべた手にはつかまろうとせず、そろそろと自力で立ちあがろうとして、悲鳴を上げた。

「痛っ」

足首をおさえ、顔をしかめている小夜子の横に、達也がひざまずいた。

「動かさないほうがいいよ」

両手ですくうように、軽々と小夜子を抱えあげる。達也の腕の中で目をまるくしている小夜子は、ひどく小さく華奢(きゃしゃ)に見えた。

3

コンビニのコピー機には、長蛇の列ができていた。

ふたりや三人でかたまってプリントの束をのぞきこんでいたり、ひとりでノートをめくっていたり、みんな同じ制服なので、まるでうちの高校専用の店みたいだ。正門の真ん前という恵まれた立地で日頃からにぎわってはいるけれど、こんなに混んでいるのは入学以来はじめて見た。

来週から期末テストがはじまる。

「どうする、並ぶ？」

返事がないので横を見やると、さっきまで隣にいたはずの達也はすでに出口へ向かって歩き出していた。

自動ドアをくぐっておもてに出たとたん、もわりと熱い空気に包まれた。街路樹からせみの声が降ってくる。あっちいなあ、と達也が手で顔をあおいだ。

「みんな直前になってあせりすぎなんだよ」

完全に自分のことは棚に上げ、ぶつぶつ言っている。

試験は全校いっせいに行われる。一クラスの生徒数が平均四十人として、一学年六クラスで二百四十人、それが三学年分となると七百人を超える。一方、駅から高校までの間にコンビニはたった二軒しかない。友達のノートも先輩からもらった過去問も使わず、自力で試験勉強に励む奇特な生徒もいなくはないはずだが、それをさしひいても明らかに足りない。

「駅のほうまで行くか」

「あっちも混んでるんじゃない？」

「ま、行くだけ行ってみようや」

じりじりと暴力的な陽ざしの照りつける道を、僕たちはとぼとぼと歩きはじめた。

「ああもう、早く夏休みになんないかな」

ぼやく達也に、僕も心から同感だった。

「誠んちはどっか行くの？　田舎とか、旅行とか」

「ずっと家。うちは親戚みんなこの近くだし、親もそんなに休みは取れないし。達也んとこは？」

「ばあちゃんが北海道に住んでるから、お盆は毎年そっち」

「へえ、いいな。涼しそう」

「でも超絶田舎だよ？　人間より牛とか馬のほうが多いし。ひたすらマコのお守りと畑の手伝いばっかか」

言葉とはうらはらに、達也はさほどいやそうでもない。溺愛する妹と過ごせるのがうれしいのだろう。

正面に駅前のロータリーが見えてきた。コンビニは交差点を挟んでななめ前の角にある。横断歩道を渡りながら、達也が思いついたように聞いた。

「そうだ誠、八月の頭ってひま？」

「ひまだけど」

「花火大会、行かない？」

「いいけど、ふたりで？　あ、真琴ちゃんも？」

「ああ、だめだ」

達也が無念そうにうめいて店内を指さした。ここのコピー機にも、わが校の生徒たちが群がっていた。

しかたないので電車に乗って、僕の家の最寄り駅で降りた。達也のうちは、同じ路線のさらに三つ先の駅だ。

駅前のコンビニはがらがらに空（す）いていた。まずは僕が達也のノートを借りた。化学と数学、それから去年の試験問題もコピーさせてもらう。達也が森永いずみから譲り受けたものである。

ここのところ、いずみはしきりに僕たちの教室へやってきては、クラスメイトたちの注目を集めている。偶然通りかかって、という言葉を額面どおりに受けとっているのは達也くらいに違いない。気前よく過去問をくれたのも、後輩への親切心というよりも下心だと思われる。僕もその恩恵にあずかっているので、よけいな口出しをするつもりはないけれど。

コピーを終え、今度は僕が達也に古典と現国と日本史のノートを渡す。

「あ、あと世界史も借りていい？」

「いいけど、あんまり自信ないよ。黒板を一応写してるだけで、話はいちいち書きとめてないから」

世界史の教師はとりとめのない雑談が異様に多い。実話を題材にした歴史小説はおもしろいのに、学校の授業はどうしてあんなにつまらないのか、謎だ。

「え、誠も？　なら、誰かに頼めばよかったな。なんかあいつ、細かいネタ出してきそうじゃない？」

達也がそわそわして言った。

「達也、意外にまじめだな。テストの結果なんか気にしないのかと思ってた」

「おれは気にしないよ、母親がうるさいんだよ。ていうか、まじめかよ？　まじめなら、今さら誠のノートに頼らなくない？」

「確かに」

僕は笑ったが、達也は憂鬱そうに頭を振っている。

「笑いごとじゃないって。ああ、まじで気が重い。うちの親、答案一枚ずつ全部確認するからね」

「一枚ずつ？」

僕は仰天した。うちの両親は息子の成績にまったくかまわない。通知表にすら興味を示さない。僕としては、補講にひっかかって貴重な夏休みをむだにしないことだけを、目標といえば目標にしている。

「中学のときはね。今回からはわかんない。そろそろあきらめてくれてるといいんだけど」

達也が苦笑した。

「もっと偏差値が上の高校行かせたかったみたいだけど、おれの脳みそが追いつかなくて。マコがいてくれてよかったよ。あいつ、頭いいから」

「ああ、星和に通ってるんだもんな」

「なあ、誠」

「うん？」

マコと誠、やっぱりまぎらわしい。達也はこの間の騒ぎでこりたようで、携帯電話に登録してある「真琴」は「マコ」に変えていたが。

「誠は、将来なにになりたいとか、ある？」

「へっ？　将来？」

「ごめん、突然」

　達也が目をふせた。

「おれは、ないの。よくわかんないの。でもそう言うと、親ががっかりするんだよね」

　途方に暮れているような表情は、達也らしくなかった。かっこよくて人気者で、いつも自信に満ちあふれている達也に、似つかわしくない。

「おれだってないよ」

　僕は言った。思ったより強い口調になった。

「それが普通じゃないの？」

　達也が顔を上げた。じっと僕の目を見て、焦点を合わせようとするように、何度かまばたきをした。それからコピー機に向き直り、吐き出された白い紙をまとめてつかんだ。機械の上で紙の束をとんとんとそろえる。

　こちらを振り向いたときには、口もとに笑みが戻っていた。

「まあいいや。とりあえず世界史はあきらめよう。将来、世界史が必要な仕事にはつかないよな」

それぞれ、コピーした大量の紙とノートをかばんに押しこんでから、僕は聞いてみた。

「これからどうする？　せっかく降りたし、うちに寄ってく？」

　自宅に母親がいるのがあたりまえの達也にとって、親が遅くまで帰ってこない僕の家は気楽で居心地がいいそうで、ときどき遊びにきては長居していく。もう持ち直したようだが、さっきの暗い表情も少し気にかかった。

「お、いいね。ちょっと勉強もしちゃう？」

　達也が顔をほころばせた。

「じゃあアイスでも買っていこう」

　アイスクリームのケースは入口の自動ドアの脇に置かれている。上にはまったガラス戸に達也が手をかけたとき、ドアが開いて客が入ってきた。

「あ」

　達也が手をとめ、声を上げた。

「陣野（じんの）さん」

　小夜子はびくりと肩を震わせて立ちどまった。僕たちに気づいていなかったようだ。

　足をくじいた小夜子を達也が抱えて保健室まで運ぶ、という少女漫画じみたきっかけで、ふたりは顔見知りになった。漫画ならそこで一気に距離が縮まり、めくるめく展開が繰り広げられそうなものだけれど、現実はそうドラマチックには進んでいない。ふたりは相変わらず顔見知りのまま、ひと月が経とうとしている。

達也はともかく、小夜子が明らかにぎこちない。廊下ですれ違った達也が挨拶したり、足のぐあいをたずねたりしても、もじもじしてろくに返事もしない。もともと内弁慶なところがあって、家族や僕の前では態度が大きいくせに外ではわりとおとなしいものの、それにしても極端だった。でも、ほとんど話したこともない男子にいきなり抱きあげられて、気まずいのも無理はないのかもしれない。

「今、帰り?」

達也がたずねる。小夜子が黙ってうなずいた。

「そっか、誠んちの近所に住んでるんだよな。幼なじみだもんな」

小夜子がまたうなずいた。

「おれたち、ノートをコピーしようとしたら、正門前のコンビニがめちゃくちゃ混んでて。陣野さんも見た? え、見なかった? ひどかったよ、行列のできるラーメン屋みたいになってた。駅前のほうもだめで、しかたないからここまで来たんだ。今から誠んちで一緒にテスト勉強しようかって話してたとこ」

ひとりで機嫌よく喋り続けていた達也は、そこでぱちんと手を打った。

「そうだ、陣野さんも来れば?」

小夜子はうなずかなかった。助けを求めるように、僕を見る。

「いや、でも」

うまい言い訳が思い浮かばず、僕は口ごもった。小夜子は早く家に帰ってパソコンをいじりたいだろうから、と正直に言うわけにもいかない。

達也はまだ、誤送信メールを削除してくれたのが小夜子だとは知らない。小夜子の意向を確かめようと思っていたら、けがでそれどころではなくなってしまった。そのうちに達也もあきらめたのか、時間が経って気持ちが落ち着いてきたのか、催促されることもなくなった。

「ちょうどよかった、一緒に勉強しようよ。アイスも三つ買おっと」

自分の家に誘っているような調子で、達也は気安くたたみかける。

「ところで陣野さん、世界史って得意？」

ケースの中をのぞきこみ、アイスを物色している達也の背中越しに、僕と小夜子は顔を見あわせた。

世界史のノートを、小夜子はその場でコピーさせてくれた。

「やっぱ女の子って字がきれいだな」

せっせとページをめくりながら、達也は細かいところに感心している。小夜子は所在なげにうつむいている。

「あ、そうだ」

達也がぱっと振り向いた。小夜子の肩に力が入ったのが、隣に立っている僕にもわかった。

「陣野さん、八月一日ってひま?」

唐突に言われて、小夜子もびっくりしただろうが、僕も驚いた。一拍置いてから、さっきのやりとりを思い出した。

「花火、行こうよ。誠も一緒に」

小夜子は小首をかしげ、まるで正しい答えがそこに書かれているかのように、じっとコピー機を見ている。

断るだろう、と僕はほぼ確信した。今まさに、あたりさわりのない返事を頭の中で考えているに違いない。達也も達也だ。親しくもない女子を思いつきで誘うなんて、僕なら絶対にできない。

「いいよ」

小夜子が小さな声で答えたので、耳を疑った。

「よかった、じゃあ一緒に行こう。混むだろうし、早めに待ちあわせたほうがいいな。せっかくだから浴衣かな?」

うきうきと話し続ける達也とは対照的に、小夜子は黙りこくっている。コピーが終わると、お礼にと半ば無理やり押しつけられたアイスを手に、そそくさと帰っていった。

テストの結果は悪くなかった。現国と古典は八十点台だったし、あまり得意ではない理系の科目も、いずみからもらった過去問とそっくりの問題がいくつか出たおかげで、平均はぎりぎり越えていた。世界史も予想よりだいぶよかった。これは小夜子のおかげだ。

達也もまずまずの成績だったようだ。すでに来週からの夏休みに意識は飛んでいて、妹のために北海道のガイドブックを熟読している。僕も図書室で推理小説をたっぷり借りてきた。真夏の昼間、誰もいない家でクーラーをがんがんにかけてミステリーを読むのが休みの醍醐味だ。他のクラスメイトたちも、どこか浮かれている。

ただし、教室を注意深く見回せば、沈んだ表情の者もごくわずかにいた。テストの科目ごとに定められている及第点を下回った生徒には、これから終業式までの残り数日間で追試が実施されるのだ。それでも不合格だと休み中に補講を受けなければいけない。各科目につき三日間の集中講義は、いずみによると「悪夢の強化合宿」と呼ばれているらしい。朝から晩まで教室に閉じこめられてひたすら問題集を解かされ、終わるまで帰してもらえないという。

追試にひっかかった生徒は、白いハンカチにぽつぽつと浮いたしみのように、ひとめで見てとれる。周りが解放感をみなぎらせている分、よけい目立つ。僕や達也のように上級生から補講の噂を聞かされておじけづいているのか、単に試験期間が延長されてうんざりしているのか、みんな一様に押し黙ってうなだれている。

帰り道、電車を降りて改札をくぐったところで、僕はのろのろと歩いていく後ろ姿を見つけた。

「小夜子」

振り向いた小夜子の顔色は、明らかに冴えなかった。足をくじいたときも、これほど暗い顔はしていなかった。僕はおそるおそるたずねた。

「追試なの？」

「数学」

小夜子はむっつりと答えた。こうして向きあうと、思いのほか小さい。

「数学？　どうして？」

あれだけ華麗にコンピュータを使いこなしているのだから、理数系には強いとばかり思っていた。

「どうしてって、点が足りなかったんだよ」

小夜子は悔しそうに唇をかんでいる。

「あと三点だったのに」

「三点差だったら、大丈夫じゃないの？　追試で挽回（ばんかい）すれば」

「適当なこと言わないで。落ちたら補講なんだよ？」

険しい口調でさえぎられ、僕は気圧(けお)されて口をつぐんだ。小夜子がこんなふうに取り乱すなんて珍しい。よっぽど補講に行きたくないのか。

「ごめん。誠にやつあたりしてもしょうがないよね」

小夜子が低い声で言った。

「だけど、数学の補講って八月一日からなんだよ」

「予定でもあるの？」

「花火でしょ？」

意表をつかれて、僕は言葉に詰まった。小夜子が不安そうな顔になる。

「わたし、誘ってもらったよね？」

確かに、誘われていた。達也に。すぐ目の前にあるコンビニの、コピー機の前で。

あのとき、小夜子はあまりうれしそうではなかった。どちらかといえば困惑しているように見えた。のりのいい達也から熱心に誘われて断りづらかったのだろうと僕は同情していた。

「ああもう、どうしよう。補講を受けてたらたぶんまにあわない」

小夜子本人もこんなに乗り気だったなんて、想像してもみなかった。

「急げば行けるんじゃない？」

「でも、何時に終わるかわかんないみたいだし。早めのほうがいいって言ってたじゃない？」

小夜子が大きくため息をついた。

「だいたい、浴衣で補講に行くわけにはいかないし」


その足で小夜子のうちに寄った。

今日はパソコンの前ではなく、リビングのテーブルに並んで座った。教科書やノートを広げはじめた僕たちを見て、小夜子の母親はひどく恐縮し、わざわざミッシェルのシュークリームを買いに走ってくれた。

一緒に問題を解いてみて、小夜子の弱点はすぐにわかった。とにかく計算が遅いのだ。考えかたの筋道や使う公式は問題ない。ただ、実際に計算する段になると、いつまで経っても答えが出ない。

「小夜子、九九って暗唱できる？」

遠慮がちに質問したら、むくれられた。

「ばかにしないでよ」

「でも、意外だな。あれだけパソコンが得意なのに」

「パソコン使っていいなら、こんなの楽勝だよ」

「いや、そういうわけにはいかないから」

「わかってる」

小夜子は不服そうにうなずき、首をかしげる。

「でも、なんでかな？」

「なんでって？」

「なんでわたしたちが計算しなきゃいけないの？　人間がちまちま自力でやるより、コンピュータを使ったほうが速いし正確でしょ？」

「まあ、そうだけど」

言われてみれば、そのとおりだ。

「若いうちに脳みそを鍛えるためじゃないの」

苦しまぎれに言ってみる。勉強したくないとだだをこねる子どもをなだめなければならない親の、苦労がしのばれる。

「いくら鍛えたってコンピュータには勝てないのに？」

「計算では勝てなくても、人間しかできないこともあるよ。思考力とか、発想力とか？」

「じゃあやっぱり、計算は必要ないじゃない。そうじゃなくて、思考力とか発想力を鍛えるようなテストにすればいいでしょ？」

「まあ、そうだけど」

それもまた一理ある。が、こんなところでそういう根本的な議論をしてもしかたがない。それに、僕に訴えられてもどうしようもない。

「でも、計算ができないと追試に合格できないよ」

とりあえず、大事なところをはっきりさせておく。小夜子がいらだたしげにペンを放り出した。

「わかってる。だけどほんと、意味ないよ。こんな公式とか定理とか、この先もう絶対に使わないんだから」

シュークリームを口に放りこみ、むしゃむしゃ食べている。この間も似たようなやりとりをしたな、と僕は思い出した。

あのときは、数学ではなく世界史だった。将来、世界史を必要とする仕事にはつかない、と達也は言った。

「将来」

頭の中で考えていたつもりが、声に出てしまった。小夜子がもぐもぐ口を動かしつつ、けげんそうに聞き返した。

「え？　なに？」

「小夜子は、将来なにになりたいとか、ある？」

「どうしたの、いきなり？」

「そういう話を、こないだ達也としててさ」

「ふうん」

僕たちの未来になど興味はないと流されるかと思ったら、小夜子は僕のほうに向き直った。

「なにになりたいの？」

「わかんない」

「ふたりとも？」

「うん」

「なあんだ」

小夜子がつまらなそうに息を吐いた。

「小夜子は？」

「わたしは、好きなことをやりたいな」

「それって、今やってるみたいなこと？」

なんとなく不安になって、僕は重ねて聞いた。会員限定のウェブサイトに侵入したり、他人のメールをサーバから削除したり、そういうことを仕事として続けるのは無理があるだろう。

「いや、細かいことは全然考えてない」

小夜子が首を振ったので、ちょっとほっとした。

今はまだ問題はない。知りあいからの頼まれごとを、地味に解決しているに過ぎない。結果的にひとの役にも立てている。ただ、正式な仕事となると、ある程度の規模を保ち、報酬を受けてやっていくことになる。それに、小夜子は依頼人の事情や思惑にほとんど関心を持たない。頼まれるままに引き受けていたら、最悪の場合、知らず知らずのうちに悪だくみに加担させられてしまうかもしれない。

「だけどレイジさんは、わたしの技術を活かせるような仕事はいっぱいあるって」

「それはやめときなよ」

反射的に、さえぎっていた。小夜子がつっけんどんに応じる。

「どうして？」

「だって、会ったこともないのに……」

僕は言葉を濁した。犯罪になるかもしれないじゃないか、と言い返すのは、さすがにはばかられた。

レイジが僕に連絡をよこしたのは、去年の冬だった。

メールがきたのだ。どこからアドレスを手に入れたのかと気味が悪かったが、小夜子が師匠として慕っているくらいだから、僕の連絡先を探しあてるくらいは朝めし前に違いなかった。

小夜子と僕のやっていることには反対だ、とレイジは書いていた。

彼女にはすばらしい才能がある。才能はもちろん磨くべきだ。一方で、その貴重な能力は、なるべく目立たないように隠しておいたほうがいい。時が熟すまでは軽はずみに使わず、技術の向上に専念するのが望ましい。今の段階で他人の依頼を受け続けていれば、いずれ必ずトラブルが起こる。そうならないうちに、もうやめようときみから小夜子に提案してもらえないか。

突然の連絡で申し訳ないが、彼女はきみの言うことなら聞くだろうから、とメールはしめくくられていた。

はじめは無視するつもりだった。人助けのためにやっているのに真っ向から否定されたのは不本意だったし、レイジの指示にそのまま従うのも癪だった。なぜ自分で言わないのかもよくわからない。小夜子が僕の言うことなら聞くと書いてあるが、特にこの手の話に関しては、僕なんかよりも彼の意見が尊重されそうなものだ。下手に口を出して、小夜子の機嫌をそこねたくないのか。それならなおのこと、きらわれ役を押しつけられるのはごめんだった。

けれど、メールを消去してしまおうとしたとき、トラブル、という文字がやけにくっきりと目についた。この道に通じているレイジが心配しているということは、その可能性は無視できないのだ。僕にまで連絡してくるくらいだから、無視できないどころか、すでに危険は迫っているのかもしれない。

　僕は考えに考えた末に、依頼を受けるのはもうやめないかと小夜子に持ちかけた。レイジからすすめられたことは黙っていた。

　小夜子は機嫌をそこねなかった。あまりにあっさりと賛成され、僕がぐずぐず悩んでいるうちにレイジが先回りして話を通してしまったのかと疑ったほどだ。しかしさりげなく聞いてみた限りでは、それもなさそうだった。小夜子は基本的にうそをつかない。なにかひっかかっていることがあれば、すぐ態度に出る。

「そんなに心配しないで。別に具体的な話があるわけでもないし。もちろん、仕事を紹介してもらうとかって話になったら、ちゃんと会わせてもらうから」

　小夜子が少し口調を和らげた。

「ごめん。将来のことより、今は数学だよね」

　冷めてしまった紅茶をひと口すすり、返却された試験用紙を手に取る。大小の赤いバツ印が痛々しい。

「こっちこそ、気を散らしてごめん」

　僕も謝った。本当は、謝りたいのはそこじゃなかったけれど。

　中途半端なことをしているのはわかっている。レイジが忠告したとおりにやめるべきだったのか、僕はずっと確信が持てなかったのだ。小夜子ひとりでは心配でも、僕と組んでいればなんとかなるんじゃないかと思った。森永いずみの依頼を受けたのも、強引に頼みこまれて断れなかっただけでなく、心の奥底では再開するきっかけを待っていたのかもしれない。

でも、今はよくても、それをいつまでも続けるわけにもいかない。僕らはいずれ高校を卒業し、おそらく大学に入り、やがて社会人として働きはじめる。将来にわたってずっと、僕が小夜子のそばにいられる保証はない。

「今回出た問題は、ひととおり復習したほうがいいな」

気を取り直し、僕は言った。用紙に目を落としたまま、小夜子がぼそりとつぶやく。

「このテストって、先生がパソコンで作ってるのかな?」

「そうじゃない? 毎年作るんだったら、そのほうが便利そうだし」

前の年と似通った問題ばかりが並んでいたテストは、数学に限らずいくつもあった。

「そうだ、おれ、去年の問題も先輩からもらってるから、明日にでも渡すよ。そっちも解いてみたら練習になるかも」

「ありがとう」

「たぶん、過去の分もデータで保管してあるんだろうな」

「簡単にコピペできちゃうもんね。先生どうしのやりとりもあるかも。共用のフォルダとかも作ってたりして」

小夜子はぼんやりとテスト用紙を見つめて、なにやら考えこんでいる。

「小夜子？」

僕が声をかけると、小夜子は深く息を吐いた。ふるふると大きく頭を左右に振る。

「ごめん」

なにを考えているのか、僕は聞かなかった。聞く必要がなかった。

「それはまずいよ」

「うん。まずいよね」

小夜子が静かにうなずいた。


万が一のことを考えて、家に帰ってから達也にも電話した。せっかく誘ってもらったのに、と小夜子がかなり気にしていたからだ。

「なんか悪いな。陣野さんにも過去問あげとけばよかった」

三点差で追試にひっかかったと伝えると、達也も同情していた。世界史の恩を忘れていないらしい。

「女の子って、数学とか理科とか苦手なんだよな。うちのマコも、算数だけはどうもだめみたいで」

趣味が料理だという真琴はいいとして、達也が思い描いているだろう一般的な「女の子」像に小夜子を重ねていいものかはそうとう疑わしいけれど、あえて訂正はしなかった。話が長くなる。

「追試ではいい点とって、補講には出なくてすむようにがんばりたいって言ってたけどね」

「まあ、三点差だったら大丈夫じゃないの？　追試って本番より難しくなるわけじゃないよな？」

「そう言ったら怒られたよ。適当なこと言うなって」

「うそ、陣野さんでも怒ったりするんだ？　あんなにおとなしそうなのに？」

すさまじい剣幕で食ってかかられたと話しても、まるで信じてもらえなかった。これまで何度となく思い知らされてきたが、小夜子は見た目で得をしている。

「花火、意外に楽しみにしてるみたいなんだよ」

あんなに行きたがるということは、なんとしてでも花火を見たいのだろう。どうにか及第点を取ってもらいたい。

「全然意外じゃないよ。花火だよ？　楽しみに決まってるって」

「そうか？　いつもの感じだと、断られるんじゃないかと思ったけどな」

達也を避けているようにすら見える、とは本人に向かってさすがに言いづらい。

「いや、おれは自信があったよ」

笑いを含んだ声が返ってきた。前向きというか、楽天的というか、どっちにしても僕にはない資質である。

「さすが、もてる男は違うな」

半ば感心し、半ばあきれていると、達也がじれったそうに言った。

「違う、違う。おれじゃない」

「へ？」

「陣野さんは誠と一緒に花火を見たいんだよ」

「まさか」

思わずふきだしてしまった。

「なんで？」

「なんでって、浴衣着て好きな男と一緒に花火を見るのが、女の子の夢なんじゃないの？」

「なんだそれ」

「そう聞いたよ」

「誰に？　真琴ちゃん？」

「やめろよ。マコはまだ六年生だよ」

達也が憤然と否定した。小学生でも、ませた女子ならそのくらいは言ってのけそうだけれど、兄としては想像するだけでも胸が痛むのだろう。

「じゃあ、誰？」

「いずみ、先輩」

ぎこちない口調に違和感があった。数秒考え、その理由に思いあたる。

「なんで下の名前？」

電話の向こうからうめき声が聞こえた。

森永いずみと達也がつきあいはじめたのは、つい二週間前のことだという。告白してきたのは彼女のほうで、花火大会がどうこうというさっきのせりふを、そっくりそのまま言われたそうだ。

「だけど、ふたりっていうのもちょっとと思って」

「そうか？　先輩はふたりきりがいいんじゃないの？」

「いや、できればふたりだけじゃないほうがいいんだって。前の前だか、前の前の前だか、昔つきあってた同級生の男が、なんかめんどくさいやつらしいんだよ」

たぶん前の前だ。彼のことなら、どれだけめんどくさいかも含めて知っている。直接会ってもいるし、ついでに土下座する姿も見た。

ただし、つきあっていたのはさほど「昔」でもない。別れてからまだ三か月も経っていない。その直後には次の相手ができたと聞いたが、彼ともすでに別れてしまったということなのだろう。そう言われてみれば、いずみがうちの教室にやってくる回数は、七月に入っていよいよ増えていた。

「後輩とつきあってるってわかったら、おれに迷惑がかかるかもしれないって」

いずみの提案に従って、今のところ誰にも秘密で、隠れてつきあっているという。ふたりで花火大会に出かけたら、知りあいに見とがめられ、どこからか問題の彼にも伝わってしまわないかと気をもんでいるらしい。

「そんなにぴりぴりする必要あんのかな？　どんだけやばいんだよ？」

「先輩が気にするくらいだから、けっこうなんじゃないの」

僕は慎重に答えた。反省していたようだったとはいえ、あの病的なまでのいずみへの執着を考えれば、刺激を与えないに越したことはなさそうだ。

が、彼女がそこまで彼をおそれているとは、少し意外な気もする。中庭で対決したときは終始ひるむ様子もなく、堂々として勇ましかった。柄にもなく用心しているのは、新しい恋をそれだけ大事にしたいからなのだろうか。

「まあ、先輩がしたいようにしてあげたら？」

「うん、そのつもり。そんで、誠を誘おうってことになったわけ。口も堅いし、事情を話しても大丈夫そうだしって」

いずみは正しい。このこみいった事情を、僕は少なくとも達也よりは理解できている。

「三人っていうのも中途半端だから、アヤ先輩も呼ぼうかって話になりかけてたんだけどさ、どうせなら陣野さんにしようっておれが言ったの」

達也はなぜか得意そうに言う。かなり脱線してしまったけれど、そういえば小夜子の話をしていたのだった。

「小夜子とはそういうんじゃないよ」

「そうなの？　幼なじみなのに？」

完全に勘違いしている。恋愛体質のいずみに早くも毒されてきたのだろうか。

「でも陣野さんが意識してるのは確かだよ。学校の中で会っても、いっつも誠のこと見てるもん」

そんなの、全然気づかなかった。

「偶然じゃないの」

「だって毎回だよ？　おれ、隣にいるからわかるんだって」

僕の動揺を察してか、達也がはずんだ声でたたみかける。

「それに、おれには態度が硬いよな？　遠慮してるっていうか、警戒してるっていうか、心を開いてないよな？」

自覚していたのか。

「だけど、誠にはそうじゃないらしいし。やっぱ特別なんだよ」

「子どものときから知ってるからだって」

「そうかなあ？」

「そうだよ。小夜子は昔から恋愛とか興味ないっぽいし」

そこはためらわずに断言できる。

「わかった、わかった。じゃあそういうことにしとく」

達也は笑いを含んだ声で、話を切りあげた。

「とにかく、陣野さんが来られるように祈ろう。祈るくらいしかできなくて悪いけど、勉強は本人しかできないしな」

「そうだな」

僕たちは祈る。小夜子は勉強する。それが、試験前にできることのすべてだ。すべてのはずだ。

どんな問題が出るのか、生徒が事前に知ることはできないのだから。

「晴れるといいな」

達也が言った。

「そうだね」

と僕も言った。

祈りはふたつともかなえられた。花火大会の日はよく晴れた。小夜子は無事に追試に合格し、補講を免れた。

達也たちと待ちあわせている、花火大会の会場の最寄り駅まで、僕と小夜子は一緒に向かった。小夜子の母親が車で送ってくれるというので、僕も便乗させてもらうことになったのだ。

紺色の地に薄いピンクや紫のあじさいの柄の入った浴衣は、色の白い小夜子によく似合っていた。小遣いはパソコンにつぎこんでいるので余裕がなく、母親にねだって買ってもらったという。浴衣だけでなく、上品な藤色の帯も同じ色の鼻緒がついた下駄も、ひとそろい新調したらしい。パソコン三昧の娘に女の子らしいことをしてほしいと常々願っている母親は、散財させられちゃったわよ、と口では文句を言いながらも満足そうだった。

なにしろこれは女の子の夢らしいし、と考えかけて、僕はひとりで赤面した。達也、もといい森永いずみによれば、夢の構成要素は三つある。浴衣と花火、そして好きな男。

駅前のロータリーで降ろしてもらって、改札口をめざした。小夜子に合わせ、自然に歩みが遅くなる。真新しい下駄が歩きづらそうだ。足もとに集中しているせいか、あんなに来たがっていたわりに、口数が少ない。髪を頭の上でおだんごにまとめ、白い襟あしがのぞいている。

改札口はものすごい混雑だったけれど、並んで立っている森永いずみと達也はすぐに見つかった。

いずみの浴衣姿は予想どおりだったが、驚いたことに、達也も浴衣を着ていた。黒地にこげ茶色の細かい縦縞が入った渋いもので、高校生には見えない。いずみのほうは、同じような黒っぽい地に、赤い花模様が散っている。真紅の帯もおとなっぽくて、こちらも実際の年齢よりずいぶん上に見える。

いずみが来るということは、小夜子にもあらかじめ話した。達也とつきあっているというのも伝えるべきか迷って、とりあえずふせてある。公言を避けていると達也から聞いた以上、勝手に話すのはためらわれた。この間の遊園地で仲よくなったと説明したら、小夜子は納得したようだった。

それで正解だった。ふたりはあくまで先輩と後輩という態度をくずさなかった。いずみと小夜子が自己紹介をかわしたときにも、特別な説明はなにもなかった。それでも勘のいい人間なら、並んでいるいずみと達也を見れば、なにかしら気づくかもしれない。つくづくお似合いのふたりなのだ。おとなびた雰囲気が似通っているせいか、浴衣の色みがそっくりなせいか、とにかく完璧な組みあわせだった。ひょっとしたら浴衣も一緒に買ったのだろうか。

　小夜子がそのあたりに敏いほうではなくて、幸いだった。しかも、また例の人見知りをおおいに発揮している。僕の陰に隠れるように立ち、自己紹介も名前を名乗ったきりだった。

「浴衣、似合うなあ」

　達也はおおげさなくらいに小夜子をほめちぎっている。

「ありがとう。山田くんも」

　小夜子がかぼそい声で答えた。照れているのだろう、顔が真っ赤に染まっている。

「先輩もお似合いですね」

　僕もいずみをほめた。達也とも、と心の中でつけ足す。

「ありがとう」

「よかったよな、陣野さんが補講にひっかからなくて。おれも現国は危なかった。誠のノートのおかげで、ぎりぎり助かった」

「誠くん、国語が得意なの？　それっぽいなあ」

　いずみがころころと笑っている。どういう意味だろう。

「あと、生物も助けてもらったし」

「いや、あれはお互いさまだよ」

　生物の期末試験では、教師は用紙を配り終えるなりさっさと教室から出ていってしまい、チャイムが鳴るまで戻ってこなかった。隣どうしに座った僕と達也は、助けあって解答欄を埋めた。もっとおおっぴらに、ノートを読み返したり教科書をめくったりしている者もいた。

「え、カンニングってこと？」

いずみが眉をひそめた。こう見えて、案外まじめな性格なのかもしれない。もらった過去問を見た印象では、けっこう成績もいいようだった。

「それ、まずいんじゃないの？」

「でも、完全に黙認されてる感じだったよな？　みんなやってたし」

達也が悪びれずに肩をすくめる。

「ふうん、そうなんだ？」

いずみがそれ以上は追及せず、肩をすくめ返してくれたので、僕は少しほっとした。

達也が明るい声を上げる。

「よし、しゅっぱーつ」

人ごみの中、花火の上がる河原まで四人で歩く。道を知っている達也が前に立ち、いずみがその隣に並び、僕と小夜子は後を追った。

達也に妙なことをふきこまれたせいもあって、なんだか気恥ずかしい配置だが、前のふたりに割りこんでいくわけにもいかない。空が刻々と黒く染まっていく。時折、小夜子の浴衣の袖が、僕の腕をゆるくなでた。

河原に出ると同時に、身動きが取れなくなった。周りにどよめきが広がって、急いで空を見上げた。

金色の光が、まるくひらいたところだった。間を置かずに、赤、緑、青、と次々に色が変わる。暗い空が七色に照らし出され、どん、どん、と大きな音が頭上から降ってくる。ひとつの花が闇に溶けると、また新たに光がほとばしる。

みとれていたら、隣から腕をつつかれた。

「なに？」

小夜子の視線をたどって、僕はぎょっとした。すぐ前に立っているいずみと達也が、しっかりと手をつないでいた。黒っぽい浴衣がひとつにつながって、まるで一対の芸術作品のように見える。

「あのふたりって、つきあってるの？」

小夜子が伸びあがるようにして僕の耳もとに口を近づけ、ささやいた。声がかすれている。

「そうらしいよ」

僕はあきらめて答えた。今さらごまかせない。

「それならそう教えてくれたらよかったのに」

小夜子がぶっきらぼうに言った。今度は怒ったような声だった。はっとして、僕は小夜子を見下ろした。

「なによ」

小夜子はうっとうしそうに僕をにらみつけている。ついさっき、消え入りそうな声で達也と喋っていたときとは別人のようだ。

どうして気づかなかったんだろう。

「ごめん」

僕はつぶやいた。

小夜子が僕から目をそらし、空を見上げた。最初の見せ場が終わったようで、光が消えた後に白い煙だけがもやもやと漂っている。

小夜子がいつも僕のほうを見ていると達也は言った。達也の前と僕の前では態度が違う、とも。それは小夜子が僕を意識している証拠だと言いきった。いくら達也が自信たっぷりだったからといって、夢にも思っていなかった指摘に面食らったからといって、あんな突拍子もない解釈をうのみにするなんてどうかしていた。

なにも気づかずに、僕は追試の前日、わざわざ小夜子を励ました。

「もしも補講にひっかかったら、別の花火に行けばいいよ。つきあってやるから」

小夜子は心底いやそうに言い返した。

「ちょっと、縁起でもないこと言わないでよ」

　本当に、僕はどうかしていた。

　小夜子が目で追っていたのは僕じゃない。僕のすぐ横には、いつも達也がいた。そう考えればなにもかもつじつまが合う。なぜ小夜子が達也の前ではうまく喋れなくなるのか。なぜあんなに花火大会にこだわっていたのか。

　少しでも見やすい場所を求めて、人々が動き出す。すぐ前に家族連れが割りこんできて、達也たちの背中が隠れた。

「ねえ、誠」

　前を向いたまま、小夜子がだしぬけに口を開いた。無表情な横顔を、僕はそっとうかがう。

「数学の追試、わたし百点だったんだよ」

　なんの話かと戸惑いつつ、反射的に答えていた。

「ほんとに？」

「ほんとだよ」

　小夜子はきっぱりと言いきった。強いまなざしで、僕を見上げる。

「花火、来たかったんだもの。どうしても」

　僕はめまいを覚えた。

「カンニングとなにが違うの？」

僕を見据えている小夜子の後ろで、赤い花がまるくひらいて散った。

4

八月三十一日の昼さがり、達也がひさしぶりにうちへやってきた。

顔を合わせるのは、花火大会以来だった。しばらく会わない間に、顔も手足も、夏休みをめいっぱい満喫しましたと言わんばかりに焼けている。もともと彫りの深い顔だちが、ますます日本人離れしている。

「達也、黒すぎ」

「誠が白すぎだよ」

玄関口にかかっている姿見に映りこんだ僕たちふたりは、同じ国で暮らす同じ人種とは思えないくらいに肌の色が違う。健康的に日焼けした達也と見比べると、僕は白いのを通り越して青白く、筋肉がついていないせいもあって、いかにもひよわに見える。

けれど僕は僕なりに、最高の方法で夏休みを満喫した。つまり、家にこもってひたすら推理小説を読んでいた。このひと月あまりで追いかけた事件の数は、おそらく百は下らない。そっちに集中するあまり、やるべきことがおろそかになっていたと気づいたときには、休みは残すところあと二週間になっていた。

ちょうどその日に、達也から電話がかかってきたのだった。高校の宿題は中学のそれに比べて格段に量が多いという事実を、僕たちはほぼ同時に発見したようだ。日頃から気が合うどうし、こんなところでまで心が通じあうとは、と感心するのもそこそこに、相談して期末テストのときと同じく分担をとりきめた。僕が古典と現国、達也が数学と英語をそれぞれ片づけて、休みの最終日に僕の家に集まって写しあう。

「これ、みやげ」

達也がバタークッキーの箱を差し出した。

「どうだった、北海道？」

「涼しいし、食いもんもうまいし、よかったよ。マコもはしゃいじゃって、つきあわされて大変」

思いきり目を細めて言う。かわいくてたまらない妹とともに、至福の一か月を過ごせた模様だった。

「乗馬とカヌーと、あと川釣りも行ったな」

真琴が成績優秀で料理も上手だというのは聞いていたが、運動神経もいいらしい。スポーツ万能の達也の妹だけあって、なにをやらせても小学生とは信じられないほどの腕前だという。他にも、動物園やら温泉やらひまわり畑やら、いろいろと連れていってやったそうだ。

「まあとにかく、わりと楽しかった」

得意げに話し続けていた達也は、途中でさすがに喋りすぎだと自覚したらしく、話を切りあげた。思いついたように、言い添える。

「いずみは怒ってるけど。ひと月近く放ったらかしで」

「そうだろうね」

僕は無難に答えた。いずみの名を聞いたとたんに、小夜子の顔が頭に浮かんだ。僕が後ろめたく感じる義理はないし、達也といずみがどうなっているのかも気にはなるものの、なんとなく落ち着かない。

「向こうにいる間もがんがん電話してきて、マコにもばれちゃって。家族といるから話せないって言ったら、激怒された」

達也が深いため息をつく。


積もる話は後にして、まずは宿題をやってしまうことにした。居間のダイニングテーブルに向かいあわせに座り、交換したノートをせっせと丸写しする。

数学のドリルを開き、達也のまるっこい数字を目で追いつつ、小夜子はちゃんと宿題をすませただろうか、と僕はふと思った。パソコンにかまけて後回しにしていて、今頃あせっているかもしれない。

花火大会の後、小夜子にも会っていない。向こうからもなんの音沙汰もなかった。ちょうど先週、小夜子の家に招かれたので一緒に来ないかと母に誘われたのも、宿題があるからと断った。

僕の内心を読んだわけでもないだろうが、正面で達也が顔を上げた。

「そうだ、陣野さんも呼ぶ？」

「さすがに終わってるんじゃない？」

考えていたのとは真逆のことを、僕は答えた。

「まあ、終わってるよな。女子だしな」

見当はずれな納得をして、達也が再び手もとに目を落とした。僕は黙ってドリルのページをめくった。どこまで進んだのか、わからなくなってしまった。

互いの解答を写しあう僕たちを見たら、小夜子はなんと言うだろう。あの花火大会の日と同じように、なにが違うの、とまたつっかかってくるだろうか。

あれからずっと考えている。試験中にカンニングするのと、試験前にあらかじめ問題を盗み見るのと、なにが違うのか。不正をしているのはどちらも変わらないのに、試験中のカンニングのほうがいくらか罪が軽いように感じられるのは、どうしてだろう。やっている人間が多いからか、あるいは、自分も身に覚えがあるからか。それでは自己弁護ではないかとわれながら情けないけれど、今のところそのくらいしか違いは思いつかない。

たとえはっきりした答えが導き出せたとしても、小夜子になんと言えばいいのか、なんと言うべきなのかもわからない。

小夜子が自らの能力を発揮するのはこれがはじめてではない。具体的な使いかたは違うとはいえ、同じ力をこれまでにもさんざん駆使してきた。僕はそれを止めなかった。止めないどころか、友達のために助けを求めさえした。今さら手のひらを返して反対できる立場ではない。今までは他人のためで、今回は小夜子自身のためだったというだけでは、白黒をひっくり返すには足りない。

推理小説でも、実にさまざまな理由で誰かが殺される。でも私怨だと有罪で他人のためなら無罪になるという話は読んだことがない。たとえどんな理由でも、殺人は殺人だ。情状酌量の余地はあっても、他人の命を奪った罪は帳消しにはならない。

「誠、終わった？」

声をかけられて、手がとまっていたことに気づいた。

「ごめん。あともうちょっと」

とりとめもない想像にふけっているひまはない。そもそも、小夜子のことを考えていたはずなのに、どこから殺人犯なんかが出てきたんだろう。どうして僕の思考回路はこうもとっちらかってしまうのか。

「いやいいよ、おれもまだ途中だし。待たせてたら悪いなと思って聞いただけ」

達也がにっこり笑った。浅黒く色づいた肌に、白い歯が映えている。この笑顔に小夜子も惹かれたのか、とぼんやり思う。それとも、ひとなつこくて明るい性格か。なんの役にも立たないことをもやもやぐるぐる考えこまず、着実に前へ進んでいける行動力か。

そんなこととはつゆ知らず、当の達也に対して、小夜子は恋愛には興味がなさそうだと勝手に言ってしまったのも気にかかる。一応は訂正すべきだろうか。どうやって切り出したらいいものだろう。それとも、達也といずみがつきあっていると小夜子も知ってしまった今となっては、そっとしておくのがせめてもの親切なのか。手をつないで寄り添うふたりを後ろから眺めていたときの、魂が抜けたような小夜子の表情は、ひと月経っても忘れられない。

「誠、どうした？　ちょっと休憩する？」

達也が不審げに僕の顔をのぞきこむ。

「いや、大丈夫」

やっぱり、小夜子を責めることはできない。

このまま水に流そう。緊急事態で、しかたなかったのだ。補講と花火大会の日程が重なってさえいなければ、小夜子も最終手段に頼りはしなかっただろう。もともと三点足りないだけだったのだから、普通に受けてもきっと合格していたはずだ。

「なんか飲もうか」

僕は立ちあがった。とてものどがかわいていた。

「クッキーも食おう。達也はなに飲む？」

「なんでもいい」

達也があくびまじりに答え、のんきに伸びをした。


次に小夜子と話したのは九月の下旬で、僕たちは迷路の中にいた。比喩(ひゆ)ではなく、本物の迷路だ。連休を利用して三日間連続で行われる文化祭の、初日である。

クラスの模擬店でなにをやるかは、夏休み前からホームルームの時間に議題として取りあげられ、おばけ屋敷やらカフェやら占いやら、それなりに候補も挙がっていた。ところが上の学年の案とかぶっていたり、学校側が設けた制限にひっかかったりで、どれも通らなかったらしい。わが一年五組だけでなく、両隣の四組と六組も同じ状況に陥っていた。困った実行委員たちが頭を寄せあい、なぜか三クラス合同で体育館に巨大迷路を作ることに決まったのだった。

文化祭では、演劇部や軽音楽部や合唱部といった文化系のクラブの公演や、有志のバンドやダンスの舞台もある。そちらの参加者にとっては、クラスのだしものの優先度は低く、それもしかたないと他の生徒たちも黙認しているので、実際に準備や当日の当番として働けるのは全体の半分ほどになる。内訳は、文化祭をほぼ休日とみなしている運動部の生徒と、学校生活全般に淡白な姿勢を保っている帰宅部の生徒が、半々である。このお粗末な陣容で、模擬店をかたちにしなければいけない実行委員も気の毒だ。彼らも無類のお祭り好きというわけでもなく、じゃんけんに負けただけなのに。

同情はする。苦労もわかる。それでも、文化祭前日に体育館に入ったときには、クラスの皆がげんなりした。このだだっぴろい空間すべてを、しかもたった一日きりで迷路に改造するなんて無茶だ。

なんで迷路？　というつぶやきがさざなみのように広がっていく中で、実行委員は粛々と作業を割り振りはじめた。

実際にやってみたら、予想したとおり、いや予想以上に、そうとう無茶だった。段ボール箱をいくつも積みあげて壁の土台をこしらえ、模造紙でくるんで体裁をととのえる。絵心のある者が、そこに海や山やジャングルといった背景を描く。どういうわけか世界一周という壮大なテーマがかかげられていて、エッフェル塔や万里の長城もあった。一方、僕も含めたその他大勢は、できあがった壁を実行委員の設計図に従って組みたてる。順路の途中に配置されるクイズやゲームも用意する。

達也はいなかった。ライブに向けたリハーサルがあるという。知りあいのバンドでギタリストが急に出られなくなり、頼みこまれて参加するらしい。練習が面倒だとぼやいていたけれど、迷路作りを手伝わされずにすむのは悪くない。

日が暮れてからも作業を続け、なんとか完成した。翌朝に登校したら、体育館の入口に当番表が貼ってあった。担当の時間帯と配置が書かれている。男女ひとりずつのペアで、違うクラスどうしで組んであるのは、あまり親しくない相手に気がねしてすっぽかしにくくするためだろう。僕の名前は「エジプト」の欄にあった。時間は十時から十一時の朝一番だ。達也の公演は十一時半からなので、ちょうどいい。

達也はもちろん今日の当番も免除されている。結局は要領がいいんだよなあ、と考えながら再び当番表を眺め、僕は声を上げそうになった。ちょうどいいと満足するのはまだ早かった。

十時から十一時でエジプトを担当する相棒は、小夜子だった。

気まずい。ふた月近くも口もきいていないのに、ふたりで一時間も顔を突きあわせるなんて、間がもたない。誰かと交代してもらおうか。ここでわざわざ避けたら、次に会ったときにますます気まずいか。

逡巡（しゅんじゅん）しているうちに集合時間がきてしまい、僕はしぶしぶエジプトをめざした。もう持ち場についている顔見知りのクラスメイトたちと挨拶をかわしつつ、くねくねと曲がりくねった細い道を進む。自由の女神、エベレスト、モアイ像、と名だたる世界遺産の前を次々に過ぎ、ピラミッドの描かれた壁の前までたどり着いた。

小夜子はすでに来ていた。ふたつ置かれたパイプ椅子の片方に座って、手に持った紙に目を落としている。僕が近づいていくと顔を上げ、いきなり口を開いた。

「朝は四本足、昼は二本足、夜は三本足、なあんだ?」

「なにそれ?」

「スフィンクスのなぞなぞです。制限時間は一分間です。はい、どうぞ……あれ?」

うつむいて、首にぶらさげたストップウォッチをいじっている。

「これってどうやったら動くの?」

「そっちの赤いボタンじゃないの」

「そっか、こっちか」

あっけなく言葉をかわせた。拍子抜けしてつっ立っている僕に、小夜子が手もとの紙を渡してくる。

「これ、マニュアルだって」

仕事の手順や接客の心得をななめ読みしながら、僕は横目で小夜子の様子をうかがった。特にいつもと変わったところもない。そろそろ開けます、と叫ぶ実行委員の声が、遠くから聞こえてきた。

迷路は思いのほか繁盛した。在校生、子どもたち、保護者とおぼしき中年の夫婦、いろんな客が次から次へとやってくる。山の上に座り、通りかかった旅人をつかまえては謎かけをしたというスフィンクスさながらに、小夜子は問いを投げ続け、僕はその隣で時間をはかり続けた。正解が出れば、星形のシールを渡す。たくさん集めた客には、出口で景品を進呈するらしい。見知らぬ客たちに、小夜子はにこやかに応対していた。子どもの頃はひっこみ思案で、知らない人間とはろくに喋れなかったのに、となんだか感慨深くもあったが、そんな私語をかわすひまもなかった。

小学一年生か二年生くらいの男の子がふたり連れだってやってきたのは、接客にもだいぶ慣れてきた頃だった。

小夜子のなぞなぞを聞いて、彼らは顔を見あわせ、おもむろにポケットから携帯電話を取り出した。答えを検索するつもりらしい。こういう場合の対応は、マニュアルに書かれていなかった。止めるべきか、好きにやらせるべきか、僕が迷っていると、先に小夜子が口を開いた。

「それは使わないで下さい」

「なんでだめなの？」

背の高いほうの男の子が、不服そうに言い返してきた。

「使っちゃだめって、言われなかったよ」

もうひとりも口をとがらせ、たたみかけた。小夜子は一瞬黙り、それから膝を折って、目線を子どもたちのそれに合わせた。

「言われなかったら、なんでもやっていいっていうわけじゃないんです」

やわらかい口調だった。ふたりはまた顔を見あわせて、携帯電話をしまった。僕は急いでストップウォッチのボタンを押した。

その後も何組かを見送って、あと数分で十一時になるというところで、はじめて知った顔が現れた。

僕はとっさに隣を見た。小夜子は立ちすくんでいた。さっきまで見せていたよそゆきの笑顔は消えている。

「いたいた」

達也がうれしそうに手を振った。その後ろから顔をのぞかせた人影を見て、僕もぽかんと立ちつくした。

長い髪を二本のみつあみにした、小柄な女の子だった。白いブラウスに、赤と緑のタータンチェックのプリーツスカートを合わせている。紺色の小さな手さげかばんに、巨大なピンクのくまのぬいぐるみがくっついていた。

達也にそっくりだ。銀縁のめがねをはずしたら、たぶんもっと似ている。

「妹」

達也が真琴の肩に手を置いた。

「はじめまして。兄がいつもお世話になっています」

真琴がきまじめに一礼した。めがねのせいか、なめらかな敬語のせいか、あるいは名門校の星和に通っていると聞いていたのもあってか、やけにかしこそうに見える。

「誠、メール読んだ？」

「いや」

当番に入ってから客足がとぎれず、携帯電話を確認するひまはなかった。

「じゃあ、いきなりになっちゃって悪いんだけど」

達也が顔の前でぱちんと両手を合わせた。

「おれのライブの間、マコに付き添ってやってくれない？」

僕に向かって頭を下げる。隣の真琴も再びおじぎしている。

「いいけど」

それ以外に答えようがない。達也はぴょんとはずむように、真琴はゆっくりと丁寧に、兄妹が順に顔を上げた。

「ありがとな。ほんと、助かる」

「お手数おかけしてすみません。ありがとうございます」

「いや別に、大丈夫」

僕はもそもそと答えた。

「おれ、準備があるから先行くわ。マコは誠と一緒に講堂まで来て。時間押してるみたいだから、そんなに急がなくてもいいから。じゃあなマコ、終わったら電話する」

言いたいことを言い終えてしまうと、達也は小走りに去っていった。

「あの、失礼ですが」

残された真琴が小夜子を見上げ、遠慮がちにたずねた。

「お名前は？」

ずっと黙っていた小夜子が、われに返ったように身じろぎした。どちらが小学生でどちらが高校生だか、わからない。もっとも、こういう場合には、本来なら達也が間に入って紹介くらいはしてくれるものだろう。どちらが兄でどちらが妹だかわからない、と言ってもいい。

「あ、陣野です」

小夜子があたふたと答えた。

「山田です」

僕も一応言ってみる。真琴がめがねを押しあげて、うなずいた。

「兄からお噂はかねがね。今日はどうぞよろしくお願いします」

「こちらこそ、よろしくお願いします」

僕までなぜか敬語になってしまう。

「おい山田、交代だよ」

後ろから声をかけられて振り向くと、同じクラスの男子が立っていた。僕たち三人を見比べ、きょとんとしている。

「山田の妹です」

真琴は自ら堂々と名乗った。

「山田、達也の」

僕のほうを見て言い足す。相手はしげしげと真琴の顔を眺め、腑に落ちたようにうなずいた。

「ああ、あっちの山田ね」

かっこいいほうとか、背の高いほうとか、余分な形容詞をつけなかったところは評価したい。

「いつも兄がお世話になっています」

「そっくりだな！」

「顔だけです」

真琴はしかつめらしく言う。

講堂に入り、真ん中あたりまで進んだところで、ちょうど会場の照明が落ちた。ステージの上ではバンドのメンバーなのか運営係なのか、何人かが薄暗い中でコードやアンプをいじっている。

近くの空席に座ることにした。長椅子の奥にまず真琴をとおし、その右に僕が腰を下ろす。そしてさらに手前に、小夜子がおさまった。よかったらご一緒に、と真琴が誘ったのだ。兄がギターを弾くんです。小夜子は少し考えて、小さくうなずいた。

「すみません、おつきあいいただいて」

真琴が低い声で僕に耳打ちしてきた。

「わたしはひとりで平気だって言ったんですけど、兄が心配性なもので」

確かに、この子ならひとりでも問題ないだろう。達也の話からはわがままで小生意気な女の子を想像していたが、予想に反してしっかりしている。

「いつもこうなんです。わたしのこと、いつまでも子どもだと思ってるんですよね」

真琴がおとなびたため息をついたとき、ステージの照明がついた。前のほうで歓声が上がる。

五人のメンバーは、みんな制服のままだった。達也はシャツをひじのところまでたくしあげ、うれしそうにギターをかき鳴らしている。同性の僕から見てもかっこいい。おそらく左右のふたりも、同じことを考えているはずだった。真琴は子どもの学芸会を見守る母親のように、眉間にしわを寄せて身を乗り出している。小夜子も背筋を伸ばして聞き入っている。

ステージのすぐ前の二、三列は、手を振ったり体を揺らしたりして特に盛りあがっていた。眺めているうちに、最前列の座席に見覚えのある後ろ姿を見つけた。ひとりだけ微動だにしないので、逆に目立つ。僕はそっと小夜子を見た。ちかちかと色を変えるスポットライトに照らされた横顔からは、気づいているのかどうかは読みとれない。

演奏が終わると舞台は暗転し、客席のほうが明るくなった。三十分後から演劇部の公演がはじまるとアナウンスが流れる。

ステージの上では達也たちが機材を片づけはじめていた。同級生や、保護者らしき人々が、立ち寄って声をかけてから帰っていく。流れがとぎれるのをみはからって、僕たち三人も前のほうへ向かった。達也も気づいた。片手を上げて口を開きかけ、しかし声を発する前に、視線がななめにずれた。

いずみが立ちあがっていた。こちらに背を向けているので顔は見えない。

達也がステージの端にかがんでなにか言っている。声は聞こえない。いずみが席に座り直し、達也は立ちあがった。ステージからひらりと飛び降りて、こちらへ駆けてくる。

「ごめん」

僕の前で立ちどまり、いきなり言った。

「ちょっと急用ができた。悪いけど、もうちょっとだけどっかで時間つぶしててくれない？」

「なんだよ、それ」

僕はつぶやいた。達也らしくない。急用なんて遠回しな言い訳も、他のことに気をとられているのが露骨に伝わってくるおざなりな口調も、大事な妹を放ったらかしにしようとしていることも。

「ごめんな。終わったら、すぐに連絡する」

最後まで言い終わらないうちに、達也はもう踵(きびす)を返していた。

ひきとめたかった。そうでなくても、皮肉か文句のひとつも投げつけてやりたかった。どちらの衝動もおさえて、いちもくさんにいずみのもとへ戻っていく達也をそのまま見送ったのは、背後から声をかけられたからだ。

「大丈夫ですから」

僕はのろのろと振り向いた。肩に手を置いてたしなめられたような気がしたけれども、もちろんそれは錯覚で、真琴は僕から少し離れたところに立っていた。小夜子は隣でうつむいている。

「ほんとに、大丈夫です。せっかくだし適当に回ってみます」

真琴が淡々と繰り返した。強がっているわけでも傷ついているわけでもなさそうだった。それでもやはり、僕には納得がいかなかった。

「マコトちゃん」

小夜子がだしぬけに声を発した。一瞬、僕はあっけにとられた。自分をちゃん付けで呼ばれたのかと思ったのだった。

勘違いだとすぐに気づく。小夜子が呼びかけたのは、僕ではなかった。

「模擬店、一緒に回りませんか」

真琴がぱちぱちとまばたきをして、小夜子を見上げた。

模擬店はどこも凝っていた。中学の文化祭のそれとは、比べものにならない。巨大迷路もけっこうがんばったつもりだったけれど、全体でいえばまずまず平均点程度だろう。中でも、有志で出店している文化系のクラブは、なみなみならぬ気合がみなぎっている。写真部の展示も美術部の油絵も書道部の掛け軸も、少なくともしろうとの僕の目には、高校生の作品とは思えないくらい迫力があった。

「高校生って、すごいんですね」

鉄道研究会の部屋で、真琴がしみじみと言った。緻密な路線図が描かれた模造紙が壁一面を覆い、その前に精巧な模型がいくつも飾られている。僕はあいまいにうなずいた。正確には、すごい高校生もいる、と言うべきだろう。とりたてて有名でも偏差値が高いわけでもない平凡な公立高校にも、ごく一部とはいえ、人並み以上の能力に恵まれた者がまじっている。

「お兄ちゃんを見てたら、全然そんな感じはしないけど」

真琴が苦笑まじりにつけ加えた。あの達也がすごくないなら、僕なんかどうなるんだ。と本音を口にしても困らせるだけだろうから、小さく笑って聞き流す。

才能というのは、不思議なものだ。足が速いとか絵がいいとかだとわかりやすいが、絵や写真の能力だとそうはいかない。毎日同じ教室で机を並べている同級生がどんなに非凡な力を隠し持っていても、目のあたりにする機会はめったにない。大多数の凡人にとっては、そのほうが心安らかに日々を過ごせていいのかもしれないけれど。

そういえば、ここにもひとりいる。無言で機関車の模型に見入っている小夜子を、僕はこっそり見やった。話題が話題だけに口を挟みづらいのか、単に聞こえていないのか、会話には加わってこない。

クラスごとの展示も、いくつか見た。三年生の出している手相占いがにぎわっていた。教室を半分に区切るかたちで机が横一列に並べられ、その奥に女子生徒がひとりずつ座っている。占い師らしさを演出するためだろうか、頭から黒いベールをかぶり、机の上には透明な水晶玉も置いてある。客は机を挟んでこちら側に置かれた椅子に腰かけて、手のひらを差し出して占ってもらう。一対一で向かいあっているところもあれば、連れどうし交代でみてもらっているところもある。

手前の席がちょうど空いたので、まず真琴を椅子に座らせ、僕と小夜子はその左右に立った。

占い師は真琴の手を、続いて顔をじいっとのぞきこんで、厳かに言い放った。

「あなたは将来出世します」

おお、と感心しかけたけれど、にわかじこみの占いだから、おそらく相手の見た目や雰囲気に応じてもっともらしいことを言っているだけなのだろう。いかにも優等生然とした真琴の未来をあててみろと言われたら、僕でも似たようなことを答えるはずだ。

「ありがとうございます」

真琴は行儀よく頭を下げ、小夜子に席を譲った。占い師が探るように目をすがめる。

「あなたは……」

口ごもり、手のひらに目を落とした。真琴ほど外見に特徴がないので、判定に手間どっているらしい。しばらく手と顔を交互にじろじろと眺め回し、ようやく咳ばらいとともに託宣があった。

「好きなものをあきらめずに追いかければ、充実した人生を送れます」

どきりとして、僕は小夜子の手のひらから目をそらした。

それはそうだろう、と心の中で言い返す。好きなことをやり続けられたら、誰の人生もおのずと満ち足りたものになる。当然だ。わざわざあらたまって言い渡されるまでもない。これといった印象のない客に対して、言うべきことを思いつけないときの、平凡な常套句のひとつに過ぎない。好きなものを追いかけるというのは小夜子にとって具体的になにを意味しているのか、充実した人生とははたしてどんなものなのか、深読みするなんてばかげている。

最後は僕の番だ。占い師が僕の顔を一瞥し、手のひらを丹念に眺めはじめる。小夜子と同じことは言えないだろうし、また他の常套句が出てくるのか。

占い師が眉をひそめ、口を開いた。

「何事も考えこみやすい傾向がありますね」

斜にかまえているのが伝わってしまったのかもしれない。言葉に詰まっている僕に、彼女はたたみかけた。

「あまり考えすぎると失敗します。お気をつけて」

よけいなお世話だ。

階段の途中に貼ってあるチラシに真琴が目をとめたのは、占いの教室を出た直後のことだった。

チラシといっても、なにかの裏紙に名前と場所がマジックで殴り書きされているだけのそっけないもので、僕は気づきもしなかった。素通りして階段を下りかけていたら、真琴に呼びとめられた。

「あの、すみません」

なにかを訴えるような、もっといえば懇願するような、熱意のこもった口調にびっくりして、僕は振り向いた。

「もしよかったら、ここに行ってみたいんですけど」

真琴が自分の希望を積極的に口にするのははじめてだった。どの模擬店も楽しそうに見て回っている一方で、やはり遠慮もしていたのだろう。

「行こう」

小夜子が即答した。回れ右して階段を数段上り、真琴の指さしているチラシをのぞきこむ。

目的地は、四階建ての校舎の最上階だった。一階から三階まではどの教室も模擬店で埋まっているのとは対照的に、空き部屋も多く人影もまばらで、階下の喧騒がうそのように静まり返っている。廊下のつきあたりにある教室のドアに、さっきのチラシと同じ、汚い字で書かれた紙が貼ってあった。真琴が吸い寄せられるように近づき、閉ざされた扉に手をかけた。

教室の机や椅子の配置は、さっきの手相占いとよく似ていた。横一列に並べられた机の奥に、制服を着た生徒たちが座っている。彼らと向かいあうかたちで、机のこちら側にいくつか椅子が用意されているのも変わらない。ただし、客は誰もいない。それから机の上も、様子が違う。水晶玉のかわりに、ノートパソコンが一台ずつのっている。パソコン同好会という団体の存在すら、僕は知らなかった。小夜子もチラシを見て首をかしげていた。

パソコンの画面に向かっていた部員たちはいっせいに顔を上げ、目をまるくして僕たちを見た。やせていたり太っていたり、顔だちもそれなりに違うにもかかわらず、全員めがねをかけているからか、あるいは身にまとっている雰囲気のせいか、みんなそっくりに見える。模擬店なのだからお客が入ってくるのは当然のはずなのに、なぜかぽかんとしてこちらを凝視している。

彼らの不自然な反応に、真琴はまるで頓着しなかった。入口から一番近い机にすたすたと近づいて椅子に腰かけ、礼儀正しく頭を下げた。

「こんにちは」

「こんにちは」

正面に座っていた係の生徒が、つられたように返事をした。あたふたと両手でノートパソコンの向きを変え、こちらからモニターが見えるように置き直してくれる。真琴の背後から、僕と小夜子も画面をのぞきこんだ。黒い背景いっぱいに、小さな白い点が散らばっている。

僕が最初に連想したのは、星空だった。でも注意して見てみると、白い点が動いているのがわかった。速さや向きはおのおの違う。ゆったりした速度で画面を水平に往復しているもの、迷路にさまよいこんだかのように不規則な軌跡を描いているもの、ほぼ同じ位置にとどまって細かく震えているものもある。ばらばらに動いているせいか、ひとつひとつが独自の意思を持っているようにも見えて、星というより生きものめいてもいる。

「パズルゲームですか?」

画面を注視していた真琴が聞いた。

「はい」

話しかけられた部員は、視線をななめ下にそらしたまま、おどおどと答えた。そういう内気な性格のようだ。僕も小夜子も社交的なほうとはいえないけれど、その比ではない。小学生を相手にここまでびくびくしなくてもいいだろう。

「やってみてもいいですか?」

目を輝かせた真琴のほうへ、彼がぎくしゃくした手つきでマウスをすべらせた。

「どうぞ」

相変わらず目をふせているものの、わずかに口もとがほころんでいる。

真琴はさっそくマウスを動かしはじめた。これのどこがパズルなのか、どういうルールなのか、僕にはさっぱりわからないまま、小夜子も部員も興味深げに画面に見入っているので質問しそびれた。ひとしきり遊び終えた真琴は、礼を言って隣の机へと移動した。こちらの部員もやはり目は合わせてくれない。

　彼があさっての方向に向かって説明してくれたところによれば、ここに並んでいるパソコンには、部員たちがプログラミングして作ったゲームが入っているという。いわば美術部の絵や書道部の掛け軸と同じ、部活動の成果としての作品の展示らしい。彼らがゲームに詳しそうなのは見てとれたが、既製のものの攻略法を研究したりスコアを競いあったりするのだろうとなんとなく思いこんでいた僕は、自作だと聞いて驚いた。才能、という言葉がまたしても頭をよぎる。

　真琴は端からゲームを試した。ふたつめは囚われたお姫様を悪者から助け出すという筋立てのＲＰＧで、三つめは数字を並べ替えて画面を埋めていくパズルだった。どちらも高校生が作ったものには見えない。

「すごい。こんなのも自分で作れちゃうんですね」

　真琴もしきりに感動している。ほめられた部員たちは、喜ぶというより困惑したおももちでうつむくばかりで、ろくに返事もしない。

　それでも、嬉々として遊ぶ真琴を見守っているうちに、彼らの緊張も少しずつほぐれてきたようだった。海外で流行しているネットゲームを参考にしたとか、対戦相手によって使える武器を選べるように工夫しているとか、開発したときの裏話をぼそぼそと教えてもくれた。四つめの、襲ってくるゾンビをひたすら銃で撃ちまくる戦闘ゲームのときは、他の客が一向にやってこないのをいいことに、他の部員たちも持ち場を離れてわらわらと集まってきた。

ゾンビを退治した真琴は、意気揚々と最後の机へと向かった。僕たちもぞろぞろとついていく。

パソコンの画面には、巨大な錠前が映し出されていた。真琴が中央の鍵穴をクリックすると、ぎい、と扉のきしむ音がして、高いビルが立ち並ぶ大都会の夜景が広がった。黒い空に浮かんだ三日月がゆっくりと点滅し、その横に文字が浮かびあがる。

「誰も傷つけない銀行強盗」

真琴が読みあげた。あ、これ、と小夜子が声をもらした。

「もしかして、あの事件の？」

向かいに座っている部員に向かって、真琴がたずねた。彼はぶあついめがねを押しあげて、重々しくうなずいた。

グラウンドも校舎と同様に、ふだんとは様変わりしていた。白いテントがひしめき、たこ焼きやら焼きそばやらカレーやら、いろんなにおいが四方八方から漂ってくる。呼びこみの声が飛びかう狭い通路を、真琴と小夜子は並んでぶらぶらと歩いていく。

僕も店先を物色しつつ、ふたりの後を追う。覚悟していたほどには混んでいないのは時間帯のせいだろう。もう二時を回っている。

小夜子と真琴は同じ店でクレープを買った。僕はもっと腹にたまるものを食べたくて、焼きそばにした。

グラウンドを半周し、隅の藤棚の下に据えられたベンチがひとつだけ空いているのを見つけて、三人並んで腰かけた。周りには、在校生の両親らしき中年の夫婦や、他校の制服を着た女子たちや、親子連れもいる。

「すみません、こんな時間になっちゃって」

ソースでべたべたのそばをがつがつと口に運んでいる僕に、真琴が申し訳なさそうに言った。あわてて麺のかたまりを飲み下し、首を振る。

「真琴ちゃんのせいじゃないよ」

パソコン同好会の部長のせいである。

「熱かったねえ、あれは」

小夜子がくすりと笑った。

「ああいう熱狂的なファンってけっこういるみたいですよ。ネットでも見たことあります」

真琴がまじめな顔で言う。

確かに彼は、「誰も傷つけない銀行強盗」に心酔しているふうだった。銀行強盗にファンがつくというのもおかしな話だが、そこから着想を得て作りあげたゲームというよりは事件そのものについて、僕たちに延々と熱弁をふるっていた。いや、僕たち、ではなく、主に僕に。

事件のことをまったく知らなかったのは、三人のうち僕だけだった。

「なにそれ？」

小夜子にささやきかけたのを、耳ざとく聞きつけられたのがまずかった。

「知らないんですか？」

さっきまでもじもじしていたのがうそのように、部長は大声をはりあげた。他の部員たちも目を見開き、珍獣を発見したかのように僕を注視していた。

「テレビや新聞ではあんまり報道されてなかったですもんね」

真琴がとりなしてくれた。

事件は去年の暮れに起きた。中東のとある国の銀行から、およそ一億ドル、日本円に換算すれば百億円超が盗まれたのだ。金額は大きいものの、日本人や日本企業には被害が及ばなかったので、真琴の言うとおり、日本国内では当初たいして騒がれなかったそうだ。状況が変わったのは、年が明けてからだった。捜査と情報の開示が進んで犯行の手口が明らかになるにつれ、主にインターネット上で反響が広がり、日本を含め世界各国で活発な議論が巻き起こった。

「どうして世界中から注目されたんだと思います？」

部長はずいと身を乗り出し、僕にたずねた。たじろいでいる僕のかわりに、真琴が元気よく答えた。

「犯人が世界中にいたから！」

「正解です」

部長が満足そうに目を細めた。

そういう小説なら僕も読んだことがある。世界的に有名な美術品や大富豪の隠し財産をねらう、多国籍の盗賊団が主役のサスペンスだ。十人ほどのメンバーは、金庫破り、詐欺、爆破、暗号解読、すり、盗聴、といった異なる特技を持っている。ふだんはおのおの自国で過ごし、仕事があるときにだけ招集され現地に集結して、めいめいの天才的な能力を活かして獲物を奪う。皆で協力して首尾よく目的のお宝を盗み出した後は、分け前を受けとってすみやかに解散し、なに食わぬ顔で日常生活に戻るのだ。そういえば彼らも、誰も傷つけないとまではいかないが、なるべく人殺しはしないという信条のもとに動いていた。

「今わかってるだけでも、関与した人数は二百人とも三百人とも言われてるんです。国でいうと二十七か国」

部長はなぜか得意そうに続けた。

むろん、実際の事件はあの小説とは全然違った。集団の規模もさることながら、内訳も異なる。数百人全員が、特殊な技能を持っていたわけではない。天才と呼ばれるにふさわしい主犯格はほんのひと握り、もしくはたったひとりで、その他大勢の実行犯は上からの指示どおりに動いたに過ぎないと見られている。今のところ逮捕されているのはその下っぱの中でもたった数名なので、全貌は依然として謎に包まれているらしい。主犯は絶対につかまらないはずです、と部長は自信たっぷりに言いきっていた。

「このままいけば、きっとつかまらないですよね？」

真琴がクレープを片手に首をかしげる。小夜子がうなずいた。

「たぶんね」

「ここまできたら逃げきってほしいですね」

つかまるだの逃げるだの、物騒な言葉がもれ聞こえたのか、隣の夫婦がこちらをちらりと見やった。僕はわざと冗談めかして言ってみた。

「応援するんだ？」

「だってなんか、かっこいいから」

まじめで正義感も強そうな真琴まで、泥棒の肩を持つなんて意外な反面、わからなくはない気もする。彼らは普通の銀行強盗ではない。銃を持って店に押し入り、人質をとり、行員を脅しつけて力ずくで金を強奪するかわりに、実に手際よく周到に、誰にも気づかれないうちに、あっさりと一億ドルを手に入れたのだ。小説や漫画の世界でも、怪盗ものは古今東西を問わず幅広く人気がある。誰も傷つけない銀行強盗という呼び名も、彼ら自身が名乗っているわけではなく、事件後にネット上で話題になったときについた、いわば愛称のようなものだという。

部長から聞かされた事件の手口は、それこそ小説か漫画か、あるいはハリウッド映画のような話だった。

犯人はまず、標的である銀行のキャッシュカードを偽造した。対象となった口座は個人と法人を合わせて数十に上り、ひとつの口座について数枚のカードが作られたようだ。それらを使えば、世界各国のATMから現金を引き出せる。次に、口座の決済情報を管理しているカード会社のサーバを攻撃して、ネットワークに侵入した。各国の法律や個人の意向に基づいて設定されている、一度に引き出せる上限額を無効にするためだ。準備を万端にととのえた上で、世界中に散らばる実働部隊にカードを配り、ATMに向かわせた。機械にカードを入れ、ひたすら現金を引き出すのが彼らの役目である。このうちの数人が、国際警察に逮捕されている。単純きわまりない、子どもでもできるような役回りを担わされていただけあって、当然ながら上層部が練りあげた計画の全容は知らされていない。ATMは指定されていたという彼らの証言から、おそらくまた別の部隊が存在し、あらかじめ街を視察して目につきにくい場所に設置された機械を調べておいたと考えられている。

現金の引き出しは、銀行や口座の持ち主に気づかれないように、ごく短時間で行われた。出金が世界中でいっせいにはじまり、数時間以内にぴたりと終わったことが、被害に遭った口座の出納記録によって確認されている。

「天才ですよね？　こんなことを考えついて、実行して、しかも成功させちゃうなんて」

真琴はうきうきと言う。彼らが使いこなしたパソコン関連の技術に造詣の深い人間ならなおさら、暴力ではなく高度な頭脳でもって莫大(ばくだい)な富をつかみとった鮮やかな手腕に、一目置きたくなるのだろう。

「だけど、自分の口座から勝手に金を盗られた被害者は災難だよな」

僕は口を挟んだ。おとなびた真琴が年齢相応にはしゃいでいるのはほほえましくもあるけれど、一応は釘を刺しておいたほうがいい気もしたのだった。誰も傷つけないといっても、それは血が流れていないという意味で、迷惑をこうむった人間は存在する。

「あ、そっか。そうですよね。すみません、不謹慎でした」

真琴がしゅんとうなだれた。やんわりとたしなめただけのつもりだったのに、口調がきつすぎただろうか。僕が少しあせっていたら、小夜子が割って入った。

「災難でもなかったみたいよ」

「え？」

僕は聞き返した。真琴もぽかんとして小夜子の顔を見ている。

「口座の名義人は、別に損はしなかったらしいから」

「どうして？　預金を引き出されたんじゃないの？」

「うん。でも、事件が発覚したときには、もとの金額に戻ってたの」

「犯人が金を返したってこと？」

口にしたそばから、そんなのありえないだろう、と思う。案の定、小夜子は黙って首を横に振った。

「もしかして、保険がかかってたんですか？　盗られた分を補償してもらえたとか？」

真琴の推理は僕のそれに比べてはるかにまともに聞こえたが、小夜子は再び首を振る。

「犯人はお金を引き出しはじめる前に、口座の残高を増やしておいたの」

改竄（かいざん）されたのは、各口座から引き出せる上限額だけではなかった。なんと、ねらわれた口座では事件直前に預金の残高も勝手に書き換えられ、大幅に水増しされていたという。

「すごい。頭いい」

真琴が感心したようにつぶやいた。

「いくらキャッシュカードを持ってても、その口座にお金がなくなっちゃったら出せないですもんね」

僕はやや混乱してきた。残高を増やし、増やした分だけ引き出せば、差し引きはゼロになる。そうすると、本当に誰にも被害が及ばないということになるのか。いや、得をする人間がいる以上は、反対に損をする人間もいるはずだ。データとして記録されている数字は同じでも、ＡＴＭの機械からはそれだけの現金が実際に消えている。

「じゃあ、損したのは銀行ってことか？」

「まあ、そういうことになるのかな」

小夜子はあやふやに答え、クレープをひとくちかじった。

「でも、そこって国の中央銀行らしいから。なくなった分だけお札を刷っちゃえばすむんじゃないかな？　わたしも詳しいことはよくわかんないけど」

「その情報は知らなかったです。わたし、けっこう調べたのに」

「あんまりおおっぴらにしたくなかったのかもね。銀行とか、あと警察も？　信用問題にもなるしね」

「ああ、そうですよね」

納得したらしく小刻みにうなずいていた真琴が、はたと動きをとめた。

「それ、陣野さんはどうやって知ったんですか？　海外のニュースとか？」

「知りあいに聞いたの。そういうのに詳しいひとがいて」

誰のことなのか、僕には見当がついた。

真琴の頭越しに、小夜子と目が合った。話題を切り替えるかのように、クレープを差し出してくる。

「誠もちょっと味見する?」

「もらう、もらう。中身はなに?」

僕も調子を合わせ、明るく言った。

「バナナチョコに、アイスとプリン入れてもらった」

「え」

真琴が声を上げた。

「わたしのも、まったくおんなじです」

僕は驚かなかった。どうやらこのふたりの趣味嗜好はかなり重なっているようだ。食べ終えてしまった真琴は、膝の上で包み紙を小さく折りたたんでいる。

「だけど、信じられないな」

もちろん、クレープのことを言っているわけではなかった。

「銀行のシステムって、すごく厳重に守られてそうなのに。そこに入りこんでデータをいじるなんて、本当にできるんですね」

「できるよ」

小夜子がこともなげに答え、僕はぎくりとした。真琴は返事の意味を取り違えたようで、無邪気にうなずいている。

「そうですよね、現実にできちゃってますもんね」

「もちろん、ひとりじゃ無理だと思うけど。仲間を集めて、きちんと下調べして、準備して……あとはみんなで手分けして、ネットワークの弱いところを集中攻撃すれば……」

小夜子はまるでゲームの攻略法を話しているかのように、すらすらと言う。真琴が笑った。

「あ、さっきのやつですか？　あれはおもしろかったな。あの部長さん、才能ありますよね？」

小夜子は微笑んでいる。本気だ、と僕は思った。小夜子は本気で、仲間がいればできると考えている。

大丈夫だ、と自分に言い聞かせる。大丈夫なはずだ。小夜子はひとりしかいない。わざわざ同志を募る気もないだろう。それ以前に、こんなことをやる気もないに違いない。たまたま、できるかできないかという話になったから、可能性について意見をのべているに過ぎない。なにも自分がやるとは――やりたいとも――言っていない。これはあくまで純粋に、仮定の話だ。

考えすぎると失敗します。

さっき告げられた占いの言葉が、なぜか浮かんだ。僕は頭を振って、クレープをほおばった。甘ったるいチョコレートの味が口の中いっぱいに広がった。

5

秋晴れのグラウンドに、かきん、と小気味いい音が響いた。ゼッケンをつけた選手たちも、応援の生徒たちも、かたずをのんで白いボールの行方を見守っている。一拍遅れて、わっとにぎやかな歓声と拍手がわき起こった。

ホームランだ。

「さすが、山田」

「山田くん、かっこいい」

興奮ぎみに言いかわしているクラスメイトたちの間で、僕もおとなしく手をたたく。達也の活躍は友達としてうれしいけれど、山田山田とひっきりなしに自分の苗字を連呼されるのは落ち着かない。

ぐるりとダイヤモンドを一周した達也が、悠々とホームベースに戻ってきても、まだ拍手は鳴りやまない。

一年五組と対戦しているのは、隣の六組である。球技大会はクラス対抗なので普通は自分の組を応援するが、六組の女子の中には、両手を上げて声援に応える達也をうっとりと目で追っている者も少なくない。数人の女友達と並んで応援席に陣どっている小夜子は、うっとりというよりは放心しているようなぼんやりした表情で、グラウンドを眺めている。

　球技大会の種目は、ソフトボール、サッカー、バスケットボール、ドッジボール、と多岐にわたっている。全員参加が原則で、必ずどれかひとつに出場しなければならない。ただし不公平にならないように、所属している部活と同じ競技には参加できない決まりになっている。たとえばサッカー部の達也は、サッカー以外の種目から選ぶ。

「ああ、サッカーやりてえ」

　ソフトボールの試合がはじまるまで、グラウンドのもう片面で行われているサッカーを熱心に観戦しつつ、達也はしきりにぼやいていた。足がうずくのか、意味もなく宙を蹴りあげてみたり、その場でぴょんぴょん跳ねてみたり、じっとしていなかった。

「おれは足専門で鍛えてるから、手ってあんまり使えないよ。ボールも小さいより大きいほうが好きなんだけど」

　そんなことを言いながら、いざバットを握ればやすやすとホームランを飛ばしてしまうのだから世話はない。もともと運動神経がいいので、基本的になんでもできるのだ。うらやましいとしかいいようがない。

　僕も運動音痴というわけではない。一学期の体育の成績は三だった。五段階中の真ん中だから、人並みといっていいはずだ。中学のときもそんな感じだった。ただ、球技はどうも好きになれない。団体戦は、自分の失敗でチーム全体に迷惑をかけるのではないかと考えると、胃が痛くなってくる。自分に限らず、誰か特定の人間に過剰な罪悪感を抱かせる競技というのは酷だと思う。たとえば体育の授業でも、誰かがミスをして舌打ちされたりため息をつかれたりしたら、そわそわする。オリンピックやワールドカップで、ひとりの選手がしくじったせいで点を入れられたり、下手をすると勝敗が分かれてしまったりするような試合も、見ていていたたまれない。

達也にうっかりそんな話をしたら、あきれられた。

「なに言ってんだよ？　そりゃあ自分のせいで負けることもあるかもしれないけど、自分のおかげで勝つことだってあるんだから、お互いさまだよ。それがチームワークの楽しみじゃないの？」

それも正論だが、ともかく僕にとって団体競技は気が重い。得意か不得意かは別として、マラソンや水泳といった個人戦のほうが断然気楽でいい。勝っても負けても自分の責任だから、あきらめもつく。

しかしもちろん、マラソンも水泳も球技大会の種目には入っていない。

攻守を交代して三回の表がはじまった。五組の生徒たちがピッチャーに応援の声を投げ、六組はバッターを激励している。グローブをつけた達也が一塁の守備についたのを見届けて、僕はグラウンドを離れた。自分の出番に遅れてしまう。

体育館はひどく暗かった。明るいグラウンドから入ったせいか、地下には窓もないのでなおさらだろうか。ボールが床をはずむ音と、せわしない足音が、頭上から地鳴りのように響いてくる。バスケットボールかバレーボールだろう。合間に拍手や声援もまじる。

上階の音がくっきりと聞きとれるのは、地下がとても静かだからだ。

とはいえ、まったく音がしないわけではない。ずらりと横一列に並べられた深緑色の卓球台で、ピンポン玉が軽やかな音を立てて跳ね、選手たちはひかえめな足音とともにそれを追いかけている。全部で十台ほどだろうか、ひとりずつ審判役の生徒がついて、得点のたびに日めくりカレンダーのような点数表示をすばやくめくっている。

僕は一番奥の台へと近づいた。一—五と書かれた青いゼッケンをつけた同じクラスの男子が、赤いゼッケンの三年生と打ちあっている。

卓球の予選ではクラス単位で対戦相手が決まっている。くじびきの結果、一年五組は三年二組とあたっていた。勝ったほうが午後に行われるトーナメント戦の出場権を得る。壁に貼られた対戦表に、各試合に出場する個人の組みあわせが並べて書かれ、終わった分は勝者の名前を赤いまるで囲んである。見たところ、勝ち負けはおおむね五分五分で進んでいるようだった。

ひとり三試合を割り振られているうち、僕はすでに二試合をすませた。五ゲーム制で、一戦目は三対二で勝ち、次は二対三で負けた。卓球も最終的にはクラス全体の得点を合計して結果が決まるので、団体戦といえば団体戦ではあるけれども、ひとりひとりの戦果はあまり目立たない。大勢の観衆に注目されている中でシュートをはずしたり、敵にボールを奪われたりしないから、心穏やかに試合に臨める。ひょっとしたら、卓球場に広がっているこの静けさは、ボールの軽さやひと試合に出る人数の少なさに加えて、僕のような平和主義者が集まっているせいもあるのかもしれない。黙々と打ちあっている生徒たちには、サッカーやソフトボールの試合に色濃く漂う、ある種の暴力的な熱気は感じられない。

クラスメイトはぎりぎりで勝った。

「おつかれ」

僕は善戦をねぎらい、ゼッケンとラケットを受けとった。これもソフトボールとは違って、喝采する応援の生徒は他にいない。それでも彼は頰を上気させ、うれしそうに言った。

「ありがとう。山田もがんばってな」

卓球台を挟んだ相手側にも、次の選手が来ていた。双方ラケットを握り、台越しに会釈する。

小太りで背が低くめがねをかけた彼の姿に、見覚えがあるような気がした。同じ中学の出身か、通学電車が同じとか、と思案しながら、僕は彼を眺めた。向こうもけげんそうに僕の顔をじろじろ見ている。三年生に知りあいはいないはずだし、対戦表に書かれていた名前にも、特に心あたりはなかった。地味な風貌は、生徒会やらなにやらの代表として全校集会で壇上に出てくるような上級生たちとも雰囲気が違う。

「あっ」

どこで顔を合わせていたのか思い出したのは、ふたりほぼ同時だった。

文化祭だ。奇妙な銀行強盗事件について熱弁をふるっていた、パソコン同好会の部長だった。

試合は僕の圧勝だった。あっさりと三ゲームを先取して、終了した。特に接点も義理もないとはいっても、ふたつも年上の先輩をこてんぱんに負かすのはいささか失礼ではないかと気を回すまもなく、勝負がついてしまっていた。

が、本人のほうも、まるで気にしているそぶりはなかった。気にするどころか、自らの義務を果たした達成感にひたっているふうだった。

「ああ、やっと終わったあ」

やっと終わった、というのは僕も同感だった。二勝一敗ならまずまずだろう。ありがとうございました、とかたちばかり声をかけて立ち去ろうとしたら、

「あの」

と呼びとめられた。

「少しだけ時間をいただけませんか」

なぜかはにかんだような笑みを浮かべて、部長は言った。


卓球場でふたり並んで油を売っていたらさすがに目立ちすぎるので、体育館の二階に上った。一階から吹き抜けになっていて、壁に沿ってバルコニーのように張り出した観覧席が設けられ、下を見渡せる。文化祭で迷路を作ったときには、実行委員が設計図を片手にここから指示を飛ばしていた。

一面ずつ行われているバスケットボールとバレーボールの試合の観客が、ぽつぽつと席を埋めている。バレーボールのコートを正面に見下ろす位置に座って、部長は切り出した。

「ちょっと相談したいことがありまして」

ジャージの上着のポケットから、手のひらにおさまるほど小さく折りたたまれた紙を取り出した。せかせかと広げ、僕の手に押しつける。

「なんですかこれ？」

細かい折りじわのついた縦長の紙は、インターネットのサイトを印刷したもののようだった。てっぺんに大きな字でタイトルらしき言葉が一行、その下に細かい文字がびっしりと並んでいる。

「マモール・テクニカル・コンクール？」

「あ、知ってる？」

部長が期待に満ちた目を僕に向けた。

「いえ。知りません」

僕は正直に答えた。彼は前のめりになっていた上半身をまっすぐに直し、

「そっかあ。いや、そうですよね。ごぞんじないですよね」

と徐々にもとの慇懃な言葉遣いに戻った。自問自答しながら、ふう、と深いため息をつく。僕はなんとなくむっとして、質問を繰り返した。

「なんなんですか、これ」

「ああ、失礼しました。簡単にご説明しますね」

部長が恐縮したように言った。

「マモール・テクニカル・コンクール、通称マモコンは、情報セキュリティ会社のマモールが主催する、インターネット上でのコンクールです」

マモールという社名だけは、僕も耳にしたことがあった。部長によると、業界では国内最大の企業で、事業と関連する催しもいろいろと運営しているらしい。直接の顧客と

なる法人向けの講習会や説明会だけでなく、個人ユーザーや学生を対象とした技術紹介や研究発表などもある。マモコンもそうした一般向けの企画のひとつで、年に一度、十二月に開催される。日本に限らず、海外の主要国からも参加できるというから、けっこう大々的だ。

「いくつか種目があって、好きなものにエントリーできるんです。ちょうど球技大会みたいに」

ウィルスを駆除するプログラムを書いたり、システム障害を復旧したり、データベースに保存されている情報を解析したり、と部長はいくつか例を挙げてみせた。おのおの腕に覚えのある分野に登録し、世界中の対戦相手と競いあう。個人戦の他に、これも球技大会と同じく団体戦の種目も設けられ、友達どうし、また部活やサークルの単位でも申しこめる。彼は去年、パソコン同好会の仲間との団体戦と個人戦の両方に出場したという。いずれにしても参加費は無料、成績によっては賞品ももらえるそうで、人気は高い。

「あとこれは噂なんですけど、力があるって認められれば、マモールのほうから声をかけることもあるらしいですよ。一緒に仕事をするパートナーとして」

公式に募集をかけているわけではないものの、マモコンで入賞した技術者がその後、社員として雇い入れられ、研究開発の実働部隊として活躍している例もある。どちらかといえば、そこを目標にしている参加者もいるらしい。

「なにせ、天下のマモールで働けるチャンスですから。会社にしても悪くない話ですよね。大がかりなイベントを毎年やるのは、知名度を上げるための宣伝だけじゃなくて、優秀な人材の発掘もねらってるんだと思います」

「高校生でも声がかかるんですか？」

彼もひそかにそんな野望を抱いているのか。

「いえいえ、僕なんか、とてもとても。そうやって声がかかるのも、そもそも賞をとれるのも、ほんのひと握りです。筋金入りのスーパーエンジニアじゃないと、太刀打ちできません」

「じゃあどうして？」

「一番の魅力は、他の出場者と交流できるところですかね」

同じ競技に出たのをきっかけに、一般のSNSと同じように、気の合った相手と連絡先を交換したりもする。趣味が同じだから、盛りあがる。

「この世界は仲間が重要なんですよ。技術は日々進化していますから。教科書があるわけでも、誰かひとりがすべてに通じているわけでもない。知りたいことがあったら、それを知っているひとを見つけて、教えてほしいって頼むしかないんです」

知識を持っている者が、持っていない者に伝授する。いわば先輩が後輩を育てていく。

中には天賦の才能や努力によって、師を超えるほどの上達を示す若手もいる。そうなったら、今度は彼が教える側に回る。その繰り返しの中でまれに現れた天才が、周囲の先達に育てられ、また新しい画期的な技術を生み出す。

「助けあいなんです。みんな勉強して、ひとりひとりが能力を高めて、究極的には人類全体で技術を革新していくんです」

全人類とは、壮大な話になってきた。小夜子とレイジもその一例といえるのだろうか、と僕がぼんやり考えていると、部長は表情をひきしめた。

「だから逆に、信頼できる相手に教えてもらわないといけないんです。おおげさにいえば、誰に教わるかでその後の人生が変わります」

技術力そのものだけでなく、その使いかたもまた、誰かから影響を受ける。特に若いうちは、自分の能力をどう使っていいのか見極めにくいはずだという。

「同じ力を、マモールみたいな企業でお客さんのために活かすことも、犯罪組織の一員として悪事に利用することもできますからね」

頭に浮かんだ小夜子の顔を振りはらい、僕は別のことを口にした。

「あの銀行強盗みたいに？」

「ええ、まあ……やっていることがいいか悪いかっていうのとは別に、才能を持った人間は尊敬されますけどね」

熱っぽく弁舌をふるっていた部長が、急に歯切れ悪くなった。彼らを悪だと断罪するのはしのびないのだろう。

「そういえばこういう話もあります」

二十年ほど前、アメリカでひとりの指名手配犯がＦＢＩに逮捕された。罪状は、企業の機密情報の不正入手、クレジットカード番号の詐取、電話交換機の遠隔操作、と多岐にわたっていた。犯人は長年、システムに不法侵入して調査に関わるデータを手に入れたり、内部の電話を盗聴したり、捜査当局の裏をかいて逃げおおせていたが、とうとう捕まったのだった。

その捜査に、アメリカの大学でスーパーコンピュータの研究員として働いていた日本人が一役買っていた。若くして、一般企業から国防総省まで、さまざまな組織から協力を求められるほどの実力の持ち主だった。その評判を知った犯人が腕試しのつもりか、彼のパソコンに忍びこんで保存されていたデータを盗み出したのが、事の発端だった。彼も泣き寝入りはしなかった。盗まれたデータのありかを逆につきとめ、ＦＢＩとも連携して追跡をはじめた。システムの監視を強化したり、電話の通話記録を分析したりと手を尽くし、ついに犯人の隠れ家を割り出した。

逮捕された犯人と彼がはじめて顔を合わせたのは、裁判の当日だった。犯人はすれ違いざま、ハロー、と親しみをこめて彼の名を呼んだという。

「きみの技術に敬服したよ、って犯人は言ったそうです。自分を追い詰めた、見知らぬ日本人に向かって」

部長がしみじみと言う。

「言ってみれば、憎い敵じゃないですか。でも、自分を出し抜くほどの技術を持った相手に対しては、素直に敬意を表すんです。謙虚でしょう」

スポーツの試合で、勝ったチームも負けたチームも最後には握手して、互いの健闘をたたえあうのと同じだろうか。しかし球技大会ならともかく、刑事裁判である。自分が逮捕されているのに悠長に相手をほめるなんて、謙虚という次元を超えて、かなり特殊な精神構造ではないか。

「ね？　ちょっといい話でしょう？」

銀行強盗の逸話を聞かせてくれたときと同じように、部長は目をきらきらさせている。確かに興味深い。実話ながら、よくできた短篇小説のようでもある。

ただ、話の流れが見えない。

「ええと、それって、マモコンとはどういう関係が？」

僕は遠慮がちに口を挟んだ。そろそろソフトボールの準決勝がはじまる時間帯だ。バレーボールの試合も一セットが終わり、赤と緑のゼッケンが礼をかわして退場していく。

「ああ、失礼。少し脱線してしまいました」

部長は僕に向き直り、両手を膝の上にそろえて、口調をあらためた。

「実はですね、マモコンにご一緒できないかな、と思いまして」

「は？」

階下でホイッスルの音が響いた。新しい二チームがコートに入り、選手が散らばる。どちらのゼッケンも青い。一年生どうしの試合だ。

「いや、山田くんではなくて」

部長がバレーボールのコートを見下ろした。

「ほら、あの、彼女に……」

小夜子は僕たちの真正面、コートの一番後ろに、だらりと両手をたらして立っていた。一応は試合に参加しているふうでも、こうして上から俯瞰(ふかん)すると、やる気がないのがまる見えだ。

「できれば……もしよかったら……一緒に出てもらえないかな……なんて」

部長は顔を赤らめ、しどろもどろに続ける。

「お手数ですが、彼女にこの話を伝えていただけませんか」

「本人に直接話せばいいじゃないですか？」

小夜子の代理人役には慣れているけれど、いつもとは少し話が違う。彼は小夜子のことをちゃんと知っている。一度だけとはいえ面識もある。自分で話を通せばいい。

「そのつもりだったんですけど」

部長が消え入りそうな声を出し、顔をふせた。文化祭の直後から、毎日この紙をポケットにしのばせて、話しかける機会をうかがっていたそうだ。

「もうひと月以上も経ってるじゃないですか」

比較対象として若干無理はあるものの、いずみをつい連想してしまう。遊園地で達也と会ったすぐ翌日に、なに食わぬ顔で教室の前までやってきて、堂々と話しかけていた。

「いざとなると、なんていうか、緊張してしまいまして」

部長が意を決したように、がばりと顔を上げた。両手をさしのべ、僕の手をがっちり握る。

「お願いです。申しこみの締め切りが迫ってるんです」

声が大きかったせいか、それともせっぱつまった口調のせいか、前に座っていた女子の一団がいっせいに振り向いた。手を取りあっている僕たちを気味が悪そうに一瞥し、またいっせいに目をそらす。

「わかりました」

じっとりと汗ばんだ手のひらからなるべく早く解放されたい一心で、僕は言った。部長がぱっと手を離し、ぺこりと頭を下げる。

「ありがとうございます。この週末に手続きしてもらえれば、まにあいます」

「聞いてみるだけですよ。出るか出ないかは、本人が決めることなので」

ジャージでさりげなく手を拭いながら、僕は釘を刺した。たぶん小夜子はふたつ返事で承諾するだろうが、この勢いでは、万が一断られたときに面倒くさいことになりそうだ。

「もちろん」

部長がすかさずうなずいた。


グラウンドに着いたときには、ソフトボールの準決勝は二回の表にさしかかっていた。一年五組は先攻らしく、バッターボックスのそばに青いゼッケンが固まっている。対戦相手の二年三組は、緑のゼッケンをつけて守備にあたっていた。双方まだ点は入っていない。

一塁寄りでバッターに声援を送っているクラスメイトたちの群れに、僕もまじった。外野の応援はさっきよりも格段に増えている。予選がひととおり終わり、自分の試合がなくなった生徒たちも見物にきているのだろう。他のクラスの一年生も、同じ学年のよしみでこちらを応援してくれているようだ。

三塁側に陣どっている二年生は二年生で、かなり気合が入っている。そろいの長い学ランにたすきをかけた応援団や、チアリーディングふうの衣装を身につけ、緑と銀のポンポンを両手にひとつずつ持った女子たちもいた。制服を同じ丈に詰めたら生活指導室に即刻呼び出しを食らうはずの、おそろしく短いスカートが、動くたびにひらひらと揺れている。

　ああ、と周囲でどよめきが起きた。バッターボックスに目を戻すと、打者が三振で引きあげていくところだった。残念そうなため息は、しかし次のバッターが出てくるなり喝采へと変わった。

　達也の番だった。芝居がかった身ぶりでぐるぐると腕を回し、勇ましくバットを振りながらホームベースへ歩み寄る。対抗意識をあおられたのか、相手チームもピッチャーの名前をさかんに連呼しはじめた。互いのかけ声がぶつかり、重なり、増幅していく。さらに向こうの応援団が太鼓までたたき出し、チアリーダーたちも飛んだり跳ねたり、忙しく動いている。一列になった十人ほどの、向かって右端のひとりを除いては。

　森永いずみだった。人形じみた衣装は誰よりもよく似合っているのに、その格好で身じろぎもせず、心もち目を細めて達也を見ている。

　躊躇（ちゅうちょ）するのもわからなくはない。交際相手がバッターボックスに入っているのだから、その敵方である級友たちに声援は送りづらいだろう。かといって、いかに傍若無人ないずみでも、さすがにひとりだけ自分の組を裏切って達也の応援はできないだろう。

　僕が考えているうちに、彼女は屈託のない笑顔に変わった。気持ちの整理がついたらしい。隣の女子たちと一緒に、太鼓の音に合わせて体を揺らし、ポンポンをリズミカルに振りあげはじめる。

達也はヒットを打ったが、一塁までしかたどり着けず、二回の表も点はとれなかった。続く二回の裏で、ようやく二年三組が一点を入れた。それを逆転できないまま試合はじりじりと進み、一対ゼロで終了した。

一年五組を応援していた生徒たちが、つまらなそうに散っていく。反対に、決勝進出が決まった二年生のほうは、選手もそれ以外の生徒たちも盛りあがり、ピッチャーが胴上げされている。

達也がゼッケンをはずし、僕のほうへ歩いてきた。途中で何人かのクラスメイトにつかまって、短く言葉をかわしている。負けたからといって特に落ちこむでも悔しがるでもなさそうだけれど、さすがに疲れてはいるようだ。一応は喋ったり笑ったりしていても、いつもの勢いがない。

「おつかれ。残念だったな」

僕は声をかけた。

「ああ、見てくれてたんだ、ありがとう」

腹がへったと達也が言うので、その足で購買部に行った。売れ残っていた焼きそばパンを買い、ふたりでグラウンドまで引き返して、藤棚のベンチに座る。ソフトボールの決勝試合はまだはじまらず、生徒たちが立ち話をしている。隣のサッカーのコートでは、赤ゼッケンと緑ゼッケンがボールを奪いあっていた。

文化祭の日に、ここで真琴や小夜子と一緒に遅い昼食をとったのを、ふと思い出した。あのときは焼きそばパンではなく、焼きそばを食べた。

「真琴ちゃんは元気？」

「マコ？」

サッカーの試合を目で追っていた達也が、きょとんとして僕のほうを振り向いた。

「うん。おかげさまで」

かすかに首をかしげている。唐突だったと僕も気づいて、言い添えた。

「文化祭のとき、ここで昼を食べたんだよ」

「そうだったんだ」

達也は言い、

「あのときはごめんな。長いこと面倒見てもらっちゃって」

とつけ足した。

「いいよもうそれは」

僕はあわてて首を振った。同じベンチに真琴と座ったのを単純に思い出しただけで、達也をあらためて責めるつもりはない。

ちょっとあんまりじゃないか、とあのとき僕は文句を言ったのだった。達也は夕方になるまでなんの連絡もよこさず、日が暮れかけてからやっと姿を現して、真琴を連れてそそくさと帰っていったのだ。

翌日、いったいなにをしていたのかと問い詰めた。ごめん、と達也はしおらしくうなだれるばかりで、はっきりとは答えなかった。おおっぴらには口にできないようなことをやっていたのかと思いあたり、それ以上問いただすのはよしたけれど、どうにも釈然としなかった。

迷惑だったわけではない。僕も小夜子も時間は空いていたし、真琴は手がかからなかった。言葉遣いも受け答えもしっかりしていて、しばしば相手が小学生だと忘れかけた。僕たちのほうも、むしろ真琴との会話を楽しんでいたといえる。ただ、兄に置いていかれた真琴と、片想いしている相手の妹にすっかりなつかれてしまった小夜子を、そばで見ているのはいたたまれなかった。本人たちには気にしているそぶりはなかったし、特に真琴は別れ際に名残惜しそうな顔をしていたくらいなので、僕が勝手に不憫がるのは筋違いだとしても。

「あ、ソフトボールはじまった」

話題を変えるためだけに、僕はグラウンドのほうをあごでしゃくった。

あのときは腹立たしかったが、すんだ話だ。達也も反省したようで、しばらくの間、いつになくおとなしかった。ようやくぎくしゃくした空気が解けてきたところで、今さら蒸し返したくない。

二年三組の今度の対戦相手は、赤いゼッケンの三年生だった。攻守の選手たちが位置につき、バッターボックスに注目している。応援団もチアリーダーも、最終試合で一段とはりきっているようで、早くも男女混声の応援歌が聞こえてきた。

「先輩、薄情だよな。こっちを応援してくれたっていいのに」

軽く言ったのは、もちろん冗談のつもりだった。そうだよなあ、それならおれだってホームランくらい打ったのに、と達也もいつもの調子で返してくれるかと思った。

んんん、と達也は声ともため息ともつかない音をもらしただけだった。パンをかじり、やけにゆっくりと咀嚼(そしゃく)している。味わっているというより、会話を続けるのを先延ばしにしているように、見えなくもない。

「別れたんだ、おれら」

達也は僕の顔を見ずに、小さな声で言った。

達也にならって焼きそばパンにかぶりついていた僕は、むせそうになった。口の中でこんがらがっているそばを飲み下し、息をととのえる。

「うそ、なんで？」

「別れたいって、向こうが」

「どうして？　けんかでもしたの？」

いずみは達也にぞっこんのようだったのに、信じられない。

考えてみれば、達也といずみのつきあいについて、詳しく聞くのはほとんどはじめてだった。真琴が恋人だと勘違いしたときには、あれこれ問い詰めてやろうと意気ごんだのに、いずみとつきあっていると知らされた後は、なぜかあまりそういう気分にならなかった。小夜子の気持ちにも勘づいてしまってからは、詮索するのはますます気がひけた。

「いや。別にそういうわけでもないんだけど」

達也がもごもごと言う。もしや男か、と僕はひらめいた。いずみに新しく気になる相手ができたのか。そうなったときに彼女がどれほどすばやくきっぱりと心変わりするかは、僕もよく知っている。

「未来が見えない、って」

達也はしかし、そんな抽象的なことを言った。

「未来？」

「これからのこと。大学とか、その先とか？　あのひと、来年は受験生だから、いろいろ考えてるっぽいんだよね。なにげに成績もいいみたいだし」

英語が得意ないずみは、外国語大学か、国立大の英文科を志望しているという。在学中にはできれば海外留学もして、卒業後も英語を使える仕事につき、機会があれば外国でも働いてみたいそうだ。

「へえ。しっかりしてるんだな」

年下の僕が言うのもなんだけれど、いかにも今どきの女子高生然として日々を謳歌しているように見えるいずみが、将来の計画を具体的に思い描いていることに驚いた。自らの手で人生を積極的に切りひらいていこうという姿勢は、彼女らしいといえるのかもしれないが。

「で、おれはどうするのって聞いてくるわけ。どこの大学に行きたいか、どんな仕事をしたいか」

僕にもなんとなく話の流れが見えてきた。

「そんなの答えられないよ。だって、わかんないもん」

「それを正直に言えばいいんじゃないの？　まだ先のことだし、わかんないって」

別におかしな言い分でもない。高一の段階で、はっきりと先を見通せている生徒のほうが逆に珍しいだろう。

「言ったよ」

達也が眉根を寄せる。

「そしたら、怒られた」

「怒られた？　なんで？」

「真剣に考えろって」

大きな目をつりあげて達也に詰め寄るいずみが目に浮かび、僕はため息をついた。彼女にはきっと理解できないだろう。ほしいものは瞬時にほしいと決め、決めたとたんにそこをめがけてまっすぐに走り出せる人間には。

でも僕は、どちらかといえば達也自身もそっち寄りだと思っていた。

「じゃあ、なんでもいいから、興味のあることを適当に言ってみたら？」

文化祭の占いではないが、未来なんて、それこそ誰にもわからない。どのみち、百パーセント確実なことは言えない。裏を返せば、いかようにも言える。

「うん。それも考えたんだけど」

達也が口ごもる。

「やっぱり、そういうことはしたくない」

「そうか」

気の利いたせりふが思い浮かばなくて、僕はただうなずいた。

いずみは誤解している。達也は真剣に考えている。だからこそ、いいかげんにごまかしてしまえないのだ。なにかそれらしいことを答えておけば、彼女も安心し、すべてがまるくおさまるのに。

「そういうわけで、ふられちゃいました」

わざとらしく明るい口ぶりが痛々しい。今さら確かめてもしかたがないことを、僕はつい聞いてしまった。

「それ、いつのこと？」

「文化祭の初日」

グラウンドで、わあっと声が上がった。青い空に白いボールが吸いこまれていく。

達也の打ち明け話に気をとられ、すっかり頭の片隅に追いやられていたパソコン同好会の部長の頼みごとを、思い出したのは翌日だった。

くしゃくしゃの紙きれを読み返してみると、部長がもうすぐだと言っていた申しこみ期限は、二日後の月曜日だった。週明けに学校で渡しても、まにあわなくはなさそうだが、かなりぎりぎりになってしまう。部長の必死なまなざしが目の前にちらついて、僕は小夜子に電話をかけた。

直接説明したほうが早そうなので、夕方、小夜子の家に出向くことになった。僕が渡した紙の上から下まで、小夜子はじっくりと目を通した。マモコンの存在そのものははやり知っていたものの、応募しようという発想はなかったという。

「おもしろそうだね。でも、なんでわたしに？」

「なんでって……」

そう言われてみれば、確かにおかしい。

小夜子の能力をあらかじめ知っている僕は違和感を抱かなかったけれど、ふたりは文化祭ではじめて顔を合わせたのだ。模擬店で熱心にパソコンをさわっていたのは真琴で、小夜子はその後ろで見守っていただけだった。真琴に向かって助言したり手伝ったりしていたわけでもない。あれでは、小夜子の腕前がどの程度なのか、部長に判断する術はなかったはずだ。

「小夜子って部長と話したりしてたっけ？」

「あの銀行強盗の話を知ってたから、詳しいと思われたのかな？」

ふたりで顔を見あわせ、首をひねる。銀行強盗の話題になったときは、小夜子も会話に加わっていた。でもあの場ではほとんど部長が話していて、小夜子はたまに相槌を打つくらいだった。レイジから仕入れたのだろう裏話は、けっこう希少な情報だったようだが、それを披露したのは模擬店を出た後、真琴と僕と三人で話していたときである。

それでも、わかる人間にはちゃんとわかるのか。あるいは、たとえパソコンにふれていなくても、小夜子はなにか変わった空気を発しているのか。門外漢の僕には見えないだけで、ある種の人間にとっては一目瞭然のしるしのようなものが、小夜子にはすでに刻まれているのか。

「まあいいか」

小夜子がお決まりのせりふを吐いた。

「せっかくだから出てみようかな」

そう言うと思った。部長はさぞ喜ぶだろう。

昨日は彼の勢いに押されて僕もやや腰がひけていたけれど、よく考えてみれば、小夜子にとってもいい機会なのかもしれない。部長も話していたとおり、小夜子のような才能を持った人間は、世の中のために働ける一方で、犯罪に手を貸してしまう危険もある。レイジのようなうさんくさい男とだけ接しているよりは、広く一般の人々と交流を持ったほうが視野も広がるだろう。

「普通に申しこんじゃっていいの？　部長さんの名前とかも必要なのかな？」

「そういうのは後からできるらしいよ。とりあえず個人の登録だけすませてほしいって」

「わかった。そうだ、これって年齢制限はないよね？」

「部長が持ってきたってことは、高校生は大丈夫じゃないの？」

「いや、真琴ちゃんも興味あるんじゃないかなと思って」

そういえば、真琴と小夜子は連絡先も交換していた。僕は真琴が取り出した携帯電話を見て、ここに届くはずの誤送メールを小夜子が救出したのか、と不思議な縁を感じたのだ。

「いいんじゃない？　きっと喜ぶよ。連絡とりあってるの？」

「うん。たまに」

「完全になつかれちゃってるな」

真琴は小夜子にいくつか技術的な質問もしていた。内容が理解できない僕にも、返事を聞いた真琴の表情を見れば、的確な答えがもらえたことだけはわかった。なつかれるというより、尊敬されているというべきかもしれない。

「長いこと相手してくれてありがとうって、達也も感謝してたよ」

少し考えて、僕はつけ足した。

「あの日はいろいろ、たてこんでたみたいで」

「ああ、うん」

小夜子が気まずそうにうつむいた。まるで、たてこんでいた理由を知っていたかのように。

もちろん、そんなはずはなかった。あの日、達也と森永いずみの間でなにがあったか、小夜子が知っているわけがない。僕でさえ、つい昨日までなにも聞かされていなかったのだ。

「小夜子はどの種目に出るの？」

沈黙が居心地悪くて、僕はテーブルの上の紙をのぞきこんだ。

「なんなら三人チームでもいいんじゃない？　真琴ちゃんと部長も一応知りあいだし。あ、他の部員も出るのかな」

さっきまで機嫌よさそうに話していた小夜子は、一転して押し黙っている。達也の名前を出したのは無神経だっただろうか。でも、真琴について話そうとしたら、どうしたって兄も出てきてしまう。

「かわいそうにね」

小夜子がぽつりと言った。僕はこわごわ聞き返した。

「かわいそうって？」

「だってそうじゃない？　結局、先輩に振り回されただけじゃない」

僕は小夜子の顔をまじまじと見た。ぎゅっと口を引き結んでいる。

「知ってたんだ」

われながら弱々しい声が出た。心臓の音がうるさくて、かき消されてしまいそうだ。

「うん。まあ」

小夜子もぼそぼそと言う。小声ではあっても、ためらいは感じられない。かまをかけてみたとか、勘に頼っているとかでもなく、正しく事態を把握しているようだ。

でも、どうやって。

「知ってたんだ」

僕は意味もなく繰り返した。驚きが去り、かわりに疑問が胸に広がっていく。小夜子が達也本人から聞いたとは考えられない。ましてや、いずみからというのもありえない。僕だってなんにも喋っていない。

どうやって、と聞きたい。けれど聞けない。聞くのがこわい。あの数学の追試のときと同じだ。

いや、違う。追試のときのほうが、まだましだった。

好きになった相手について知りたい気持ちそのものは、僕にも理解できる。いつどこで誰となにをしているのか、日常をのぞいてみたいという衝動も、そこまで特殊なものではないだろう。恋人どうしでも、つい携帯電話を盗み見たり、こっそり手帳をめくったりしてしまうことがある。だめだと頭ではわかっていても、不安にかられてパンドラの函(はこ)を開けてしまうのだ。中学のとき、交際相手のふたまたを疑っている女の子から、彼の行動を探りたいと頼まれたこともあった。

僕は小夜子と相談し、その依頼を珍しく断った。勝手に調べるよりも、彼と直接話しあったほうがいいと考えたからだ。

「小夜子、あのさ」

僕は声をしぼり出した。

小夜子の場合は、携帯電話にも手帳にも、指一本ふれる必要はない。壁を自由に通り抜けられる透明人間のように、誰にも気づかれず、小夜子の手は閉じた箱のふたをやすやすと突き抜ける。

「そういうの、よくないんじゃないかな」

小夜子は悔しそうに唇をかみしめている。僕は少しだけほっとした。これはよくないことだと、本当はわかっているのだろう。

でも次の瞬間に、小夜子は口を開いた。

「確かに、他人が口を出す話じゃないとは思うけど」

僕の目をまっすぐに見つめている。自分が正しいと信じて疑っていない、強いまなざしだった。

「だけど、やっぱりかわいそうだよ」

「いや、その話じゃなくて」

僕はなんとかさえぎった。

「やっていいことと悪いことって、あると思うんだ」

小夜子がいぶかしげに眉を寄せた。

「どういうこと？」

「おれだって、ほんとはこんなこと言いたくないよ。だから追試のときも黙ってた。でも今度はさすがに」

「追試って？」

小夜子が細めていた目を見開いた。僕の顔をじいっとのぞきこんでくる。

「ああ、そういうこと」

つっかかるような口調から一変して、不気味なほど静かな声だった。

「誠はそんなふうに思ってたんだね」

なんだか取り返しのつかないことを言ってしまったような気がしてきた。錯覚だ、と僕は自分に言い聞かせる。僕は間違ってない。なんにもおかしなことは言ってない。けれど、そうではなかった。僕は間違っていた。僕が間違っていた。

「誠、勘違いしてるんじゃない？」

小夜子は冷ややかに言い放った。

「話は全部、真琴ちゃんから聞いた」

達也の学校生活に関する一部始終は、妹に筒抜けだそうだ。いずみとつきあいはじめてからの顚末も、真琴はほとんど把握しているという。たとえば、いずみが達也にひとめぼれして告白したこと。達也は面食らったものの、押しの強さに負けてつきあい出したこと。達也にとっては、女の子とちゃんとつきあうのはこれがはじめてだったということ。戸惑いながらも新鮮で、楽しんでいたようだったこと。それなのに、いきなり一方的に別れを告げられて、呆然としていたこと。

「真琴ちゃんはお兄さんのことをすごく心配して、わたしにまでメールしてきたんだよ。相談に乗れることは特になかったけどね。なにかしてあげられるわけでもないし。ただ話を聞いただけ」

小夜子は肩をすくめた。

「ともかく、誠は心配しないで。わたしもわたしなりに、やっていいことと悪いことの区別はついてるつもり」

「ごめん。完全に、勘違いしてた」

僕は言った。顔がひりひりと熱い。

「ほんとにごめん。おれもこのことは昨日まで知らなくて。達也から聞いて、まだびっくりしてて……」

言い訳がましい。というか、言い訳にもなっていない。無表情で聞いていた小夜子が、だしぬけに言った。

「やっぱやめる」

僕たちの間に置いてあったしわくちゃの紙を、こちらへすべらせる。

「わたしがこういうのやるの、誠は反対なんでしょ？　もうやめようって前にも言ってたもんね？」

「反対してるわけじゃないよ。これはまた別の話だし、関係ないよ」

「あるよ」

小夜子はにべもない。

「全部おんなじことなんだよ。違うように見えても、根っこのところではつながってるんだよ」

珍しく、激しい口調だった。

「だから、こういうのはもう一切やめにしよう。依頼を受けるのもやめよう」

僕は言い返すことができなかった。


夕食を食べていかないかと小夜子の母親がすすめてくれたのを辞退して、家に帰った。暗くなりはじめた道を、とぼとぼと歩く。日が落ちると冷えこむ季節になってきた。強い向かい風が身にしみる。

小夜子とは長いつきあいなので、けんかになるのもはじめてではない。けんかといっても、たいしたものではない。もともとふたりとも血の気が多いほうではない。性別も違う。言い争いになるのは十中八九、僕がよけいなことを言って小夜子の機嫌をそこねるときに限られていた。パソコンばかり見ていたら目が悪くなるんじゃないかとか、レイジと親しくするのはやめたほうがいいんじゃないかとか、そういうささいなことである。

　小夜子は不愉快そうに黙りこむ。横から口出しされるのが大きらいなのだ。僕だって干渉されるのは好きじゃないから、気持ちはわかる。ただ、いったん気になりはじめたらそのことが頭の中をしつこく回り出し、口からこぼれてしまうのだった。

「誠って、お母さんみたいなこと言うよね」

　眉をひそめられた時点で、たいがい僕が謝ることになる。それでもひきさがらないと、小夜子はそっけなく言う。パソコンがフリーズしてしまい、不本意そうに三つのキーを押すときと同じふてくされた顔で。

「誠には関係ないでしょ」

　その捨てぜりふで、短いけんかは強制終了する。画面はたちまち黒く塗りつぶされる。

　僕に反論の余地はない。現に、関係ないのだ。僕は小夜子がなにをやっているのか、根本的には理解できていない。もし助けが必要になっても、役にも立てない。小夜子が自分の意思でやっていることを、僕が止めることはできない。

　上着のポケットに手をつっこむ。指先にがさがさした紙がふれた。

　関係ない、と今回は言われなかった。かわりに、もうやめようと小夜子は言った。乾いた声で、ひらたい口調で。

　もう一切やめにしよう。

言いきった小夜子の声が、耳の中で何度もよみがえる。弁解も言い逃れもできなかった。疑うなんてひどいと罵（ののし）られたほうが、まだましだったと思う。

小夜子はきっと、僕とふたりで協力してやっているつもりだったのだ。実際にパソコンを操って問題を解決するのは自分でも、僕を相棒と認めてくれていた。そして僕にも、その意識はあった。たいしたことはできないくせに、小夜子と組んで依頼を受けるのを、僕は確かに楽しんでいた。楽しんでいる反面、いつも迷いがあった。小夜子を信じきることもできなかった。

やりかねない、と思ってしまったのだった。

追試にかける小夜子の気迫に、僕はたじろいだ。パソコン以外のなにかにあれほどこだわるところを、はじめて見た。あの熱がさらに高まったなら、もっと深くまで踏み入ってしまってもおかしくない気がした。

「すみません」

家のすぐ手前で声をかけられたときも、僕はまだぐずぐずと考えこんでいた。

「はい」

半ば上の空で答えた。道を聞かれるのだろうと思った。自慢じゃないが、僕は驚くほど頻繁に道をたずねられる。家や学校の近くはもちろん、はじめて訪れる街や旅先でもなぜか声をかけられる。

しかし、その男がたずねたのは、道ではなかった。

「山田誠さんですね？」

そこでやっと、彼の目つきがやけに鋭いことに僕も気づいた。小夜子のことで頭がいっぱいでなければ、最初からもう少し警戒したかもしれない。

男は背が高く、黒いトレンチコートを着て、ひらたい革の書類かばんをぶらさげている。コート越しにも、しまった体つきが見てとれた。年齢は四十代くらいだろうか、親や高校の先生とそう変わらなそうだけれど、雰囲気はまるで違って、いかにも有能なビジネスマンふうだった。

「いきなりおじゃましてしまって申し訳ありません」

まるでおとな、しかも顧客か取引先か、誰かしら重要な仕事上の相手に向かって話しているかのように、彼は丁重に頭を下げた。

「折り入ってお話があるのですが、少しお時間をいただけないでしょうか」

びゅう、とひときわ強く風が吹いた。

知らないおとなに声をかけられても、ついていってはいけない。たとえ自分の名前を親しげに呼びかけられたとしても、父親や母親に頼まれて迎えにきたと言われたとしても、それが急病や事故といった緊急事態のためだと説明されたとしても、決して信じてはいけない。

6

現在、日本の子どもたちにとって、それは常識である。両親から、あるいは幼稚園や小学校でも、しつこいほど念を押されて育つからだ。子どもが陰惨な事件に巻きこまれるたびに、おとなたちはいっそうぴりぴりして繰り返す。知らないおとなには、絶対についていってはいけない。

僕が小学校にあがったばかりの頃にも、幼児をねらった連続誘拐殺人事件がテレビのワイドショーをにぎわせたことがあった。騒ぎがおさまるまでの間、児童は集団で登下校し、通学路に保護者が当番制で立つようにと学校からお達しが出た。フルタイムで働く僕の母が困っていたところ、小夜子の母親がふたり分やってあげると名乗りを上げてくれた。親しい仲でもあり、どうせ当番でない日も気になって門の前で娘の帰りを待っているとも聞いて、うちの母もちゃっかり厚意に甘えていた。僕はそのまま小夜子の家で、おやつと夕食までごちそうになった。

　まあくんのママは大事なお仕事をしてるから、と小夜子の母親はよく言っていた。放任主義のきらいがある親友をさりげなくかばい、かつ放ったらかしにされているその息子を傷つけないようにとの配慮だったのだろうが、僕自身は特に気にしていなかった。見知らぬ人間にほいほいついていく子どもの気が知れないと内心では考えていたし、母もそれをおそらく承知の上で、誠はしっかりしてるから心配ないよね、と言ってくれていた。こわがりだしね、と言い添えるのはよけいだったが。

　人聞きの悪いことを言わないでほしい。僕はこわがりではなく、用心深いのだ。そういう意味では、小夜子の母親が神経質になっていたのもわからなくはない。小夜子もしっかりしていないわけではないけれど、最新型のパソコンを見せてあげようとかなんとか言って誘われれば、警戒心を忘れて食いつくおそれは十分あった。

　高校生にもなると、さすがにわざわざ口に出しては注意されない。それでもやっぱり、幼少時からの刷りこみは頭に刻まれている。僕たちは普通、知らないおとなについていかない。

　それなのに、気づけば僕は、井上と名乗った男にうながされるまま、歩いてきたばかりの道を引き返していた。

無理強いされたわけではない。両親になにかあったとあやしげな知らせを告げられてもいない。ごく丁寧な物腰で、話があるので時間をもらえないかと頼まれただけだ。彼は目つきこそ鋭いけれども礼儀正しく、僕をおどすようなそぶりもなかった。ただ、大切なお話です、と遠慮がちにつけ足した。

うそではないと僕にはわかった。なんの根拠もないのに、この男が本当に大切な話をしたがっているのだとなぜか確信があった。ついていったら面倒なことになるかもしれない、ともちらりと思い、思ったそばから、ついていかなければもっと面倒なことになりそうだと重ねて思った。

井上は振り向きもせずに、僕の半歩先をすたすたと歩いていく。もしも車に乗せられそうになったり、ひとけのないところに連れこまれそうになったりしたら抵抗しようと決め、僕も後を追う。

角を曲がると、右手に小夜子の家が見えてきた。リビングのカーテンの隙間から、黄色いあかりがこぼれている。小夜子の母親に見送られて玄関を出たのはほんの十分ほど前のはずなのに、すごく昔のことのように思えた。なんとなく名残惜しい気持ちで、陣野と表札のかかった門の前を通り過ぎる。

もしかして、話というのは小夜子への依頼なんじゃないか。そう思いついたのは、井上も一瞬だけ右を向いたように見えたからだ。

いやありえないだろう、とすぐに打ち消す。僕らのことを知っているのは同じ中学や高校の生徒たちだけ、それもほんの一部だ。おとなが、しかもこんなに眼光鋭い男が、一介の高校生を頼ってくるはずがない。

でもそれを言うなら僕だって、小夜子以上に、ごく平凡な一高校生に過ぎない。こうして訪ねてこられる心あたりは、まったくない。

井上は相変わらず無言で歩き続け、駅の手前でようやく立ちどまった。

「ここでいかがですか」

はじめて僕のほうを振り向いて、大通りに面した、小さな喫茶店を指さした。れんが色の壁に重たげな木製の扉、その両側の窓には古めかしい花模様のステンドグラスがはまっている。両脇のコンビニとクリーニング屋が放つ人工的な白い光に挟まれ、ひっそりと薄闇に沈んでいるが、窓の奥はほんのりと明るいので営業中ではあるらしい。前を通ったことは数えきれないくらいあるけれど、中に入ったことは一度もない。存在すらほとんど意識していなかった。

小さなテーブルが四つあるきりのこぢんまりとした店内に、客はいなかった。奥の席に案内され、ややくたびれた合革のソファに、向かいあわせに腰かける。

ふたり分のホットコーヒーが運ばれてくるのを待って、井上はおもむろに切り出した。

「わざわざお時間をいただきまして恐縮です。さっそく用件に入らせていただきます」

かばんを開けてクリアファイルを抜きとり、挟んであった一枚のチラシを机の上に広げる。

「これはごぞんじですか」

僕はあっけにとられてうなずいた。チラシの一番上には、〈マモール・テクニカル・コンクール〉と大書されていた。

「そうですか。それなら話は早い。申し遅れましたが、わたくしはこういう者です」

今度は名刺が差し出された。社名と肩書と名前が横書きで三行に分けて記され、その下に小さな文字で電話番号とメールアドレスも添えられている。

〈株式会社マモール　技術開発本部　井上黎一〉

下の名前はなんと読むのだろう、と素朴な疑問がまず浮かんだが、そんなことをのんきに質問する気にはなれなかった。聞かなければならないことは、もっと他にある。

「わたくし、弊社のテクニカル・コンクールの企画運営を担当しております。コンクールは今年で十周年を迎えます。おかげさまで、世間の認知度も着実に上がってまいりまして、年々エントリー数も増え、このようなイベントとしては業界内でも屈指の地位を確立するに至りました。参加いただいた皆様からも、大変ご好評をいただいております」

井上は一息に説明し、いったん言葉を切って、コーヒーをうまそうにすすった。

その話ならパソコン同好会の部長からも聞いているし、小夜子に渡してほしいと託された紙にも書いてあった。それで、と催促したいのをこらえ、僕もカップに口をつけた。苦い。コンビニで買うパック入りのカフェオレとは、まるで別ものだ。

「それでですね」

井上がカップを置き、居ずまいを正した。

「十周年という節目の年を迎えるにあたって、記念となるような企画を行おうという話になりました。社内で検討を重ねまして、今年は特別に、参加者限定の種目を設置することに決まりました」

とてもすばらしい知らせを告げているというふうに、にっこりする。

「はあ」

それは部長も言っていなかったし、紙にも書いていなかった。

「すでにご承知かと思いますが、マモコンにはさまざまな種目がございます。これまではどの種目でも、一般の方から広く参加者を公募させていただいておりました。ご参加いただくにあたって、特に条件はありません。必要な情報を登録してエントリーの手続きさえすませていただければ、どなたでも参戦可能です」

知っているという意味をこめて、僕はうなずいた。井上も軽くうなずき返し、なめらかに言葉を継ぐ。

「それに対して十周年記念の新企画では、参加者をしぼった上で、より高度な技術を競いあっていただきたいと考えております。一定以上の優れた能力をお持ちの方に限り、ご参加いただくわけです。その候補者を、弊社の調査チームが独自の情報網によって選出いたしました」

井上が僕の目をのぞきこんだ。

「そこで、わたくしがこうして、ひとりひとりお声がけさしあげている次第でございます」

微笑みかけられて、僕は絶句した。そんなものに誘われる理由は、ひとつしか考えつかない。どうやら井上が言うところの独自の情報網によって、僕が小夜子とやってきたことは知られているらしい。

見知らぬ相手に一方的に知られているのは気持ち悪いが、よく考えてみれば、これまでの依頼も基本的にはそのようにはじまっている。小夜子にしても僕にしても、おおっぴらに宣伝するのはおろか、家族や親しい友達にさえ口外していないのに、依頼人はどこからか噂を聞きつけてやってくる。大手ＩＴ企業のマモールにとっては、そういった調査はいわば本業の一部のようなものだろう。どこかで情報をつかんだとしてもおかしくはない気もする。

「いかがでしょうか？」

「でも僕は……」

どう答えたものか、ためらった。初対面の人間に、小夜子のことをぺらぺらと喋るわけにもいかない。

「ご心配には及びません」

まあ落ち着けとでも言いたげに、井上が手のひらをゆらゆらと振った。

「山田さんご自身にご参加いただきたいとお願いしているわけではございません。おふたりの事情はわたくしどもも承知しております」

こともなげに続ける。僕は再び絶句した。マモールの情報収集能力は、僕の想像を上回っているようだ。

「通常は山田さんを通してお話しさせていただく決まりになっているようでしたので、わたくしもそのようにさせていただきました」

井上は平然と言って、コーヒーカップに手を伸ばした。

はじめ、僕は断ろうとした。ちょうど小夜子と言い争ってきたばかりなのだ。さすがに、けんかした挙句にマモコンには出ないと啖呵を切られたとは言えず、本人にやる気がないと説明した。

けれど井上は、まるで聞く耳を持たなかった。

「山田さんがきちんと説明して下されば、きっと受けていただけるはずです。誰でも参加できるわけではございません。選りすぐりの対戦相手と競いあえる、貴重な機会なんですよ」

せっかく声がかかったのに辞退などありえないと考えているようだった。企画の内容と自社のブランド力にそうとう自信があるらしい。確かに、少し前までの小夜子なら、おもしろそうだと乗り気になっただろう。しかしタイミングが悪すぎる。

それでも、僕から小夜子に話してみるとしぶしぶ約束してしまったのは、ここで断っても井上が簡単にひきさがるとは思えなかったからだ。

僕はただの窓口に過ぎず、実行犯、いや実行者は小夜子なのだと、彼はちゃんと知っている。僕の家の前で待ちぶせしていたことを考えれば、小夜子の自宅もすでに突きとめているだろう。これだけ熱心に誘ってくるからには、本人とじかに話そうとする可能性は高い。用件は一応はっきりしたとはいえ、よく知らない男を小夜子に接触させるよりは、僕が間に入るほうが安心だ。

「手続きそのものは、一般の種目とほとんど変わりません」

まずはマモコンの特設サイトにアクセスして、氏名やメールアドレスといった基本的な個人情報を登録する。エントリーをすませたら、種目を決める。各種目には数字とアルファベットを組みあわせた六桁のコードが設定されていて、希望する種目のそれを登録すれば、申しこみが完了する。後日、参加の手引きがメールで送られてくるので、当日はそれに従って参戦すればよい。

「ただし、特別種目のコードは公表されておりません。こちら、なくさないようにご注意下さい」

さっきくれた名刺とよく似た大きさと紙質のカードを、井上は差し出した。

「それから、この特別種目については他言しないよう、くれぐれもお願いいたします。もしも情報をもらしてしまったと確認された場合には、申し訳ないですが参加資格を剝奪させていただきます」

なんだかずいぶん大層だ。僕がいぶかしく感じたのが伝わったのだろう、

「と申しますのも」

と彼は補った。

「これまでマモコンは、技量の優劣や経歴を問わず、広くコンピュータ愛好家のために開かれた、誰でも参加できるオープンなコンクールとして展開してまいりました。せっかく確立されたそのイメージを守りたいのです。選抜された参加者のみでの特別種目となると、参加資格のない一般の方々に、不信感や不公平感を与えかねません。たったひとつの特別種目のせいでユーザー離れを引き起こしては本末転倒です」

重々しい口ぶりで言う。

「実は本件、社内でさえ知っている者は限られております。もしご質問がある場合にも、一般向けのサポートセンターでは対応いたしかねます。必ずわたくしまで直接お問いあわせ下さい」

「じゃあ、やっぱり辞退したいっていう結論になったときも、連絡したらいいですか？」

　僕がたずねると、井上はきょとんとした。それからかすかに眉をひそめ、しかしすぐに気を取り直したらしく、にこやかに口を開いた。

「いえ、万が一そのようなことがありましても、エントリー状況はこちらで管理しておりますので問題はございません」

　まんがいち、の五文字を、ことのほか力強くゆっくりと発音してみせた。僕はあきらめてうなずいた。


　店の前で井上と別れ、ひとまず家に帰ることにした。

　締め切りまで時間もないことだし、本当は小夜子の家に寄るのが一番確実だが、一時間前にけんか別れしたばかりで、のこのこ顔を出すのも気まずい。家族の夕食をじゃまするのも気が進まない。どのみち食卓で相談できる話題でもない。

　夕食をすませ、頃合をみはからって電話をかけた。無視されるかもしれないと覚悟していたが、呼び出し音を数回鳴らすと小夜子は出た。

「なに？」

愛想のない応答はいつものことだし、声もさほど不機嫌そうではない。僕は思いきって切り出してみた。

「あのさ、例のマモコンの話なんだけど」

「出るつもりはないって、さっき言わなかった？」

小夜子の声がぐっと低くなった。僕は急いで続けた。

「さっきとはちょっと状況が変わったんだよ。ちょっとっていうか、だいぶ」

小夜子が黙ったので、手短に説明した。マモールの社員がいきなり訪ねてきたこと。今年は十周年記念でマモコンに特別種目が設けられていること。それは参加者が限定されるため、一般には公表されていないこと。マモール側で、参戦するのにふさわしい候補者を選んでいること。その中に小夜子が入っていること。

「どうして、わたしが？」

「それはわからない」

選抜の方法や基準までは、井上は教えてくれなかった。

「でも、向こうは小夜子のことを知ってたんだ」

依頼を受けてきたことのみならず、実際に問題を解決するのは表に立っている僕ではなく小夜子だということまで見抜かれていた。

「ていうか、そのひと、ほんとにマモールの社員なの？　あんな大きな会社が、候補者ひとりひとりに直接会って話すなんて、そんなアナログなことする？」

「だけど名刺ももらったし、詳しい話も聞かせてくれたんだよ。それだけ力が入ってるってことじゃないの」

顔を合わせて話した僕には、井上の熱意が伝わってきた。自社の企画に誇りを持って、自信満々に売りこんできていた。

「それにこれ、公になってない話だから。絶対に情報がもれないように、すごく気を遣ってるみたいだったよ」

「まあ、やりかたとしては正しいけど。メールとかで知らせて、うっかり転送されたりしたら一発で広まっちゃうしね」

小夜子は考えこむように言う。

「それにしても、どうしてよりによってわたしに？　これまでマモコンに出たこともないのに」

「おれも最初はそう思ったけど、ああいう会社だし、いろいろ調べる手段もあるんじゃない？」

これが聞いたこともないような無名の会社ならあやしいけれど、パソコン同好会の部長も主張していたとおり、業界最大手の有力企業である。井上も、やや強引なのを除けば、悪い人間には見えなかった。

「せっかくだし、出てみたら？」

悪い話ではないように思える。いわばプロからじきじきに能力を認めてもらって、光栄に感じてもいいくらいだろう。たとえば部長にこの話をしたら、興奮して大騒ぎするはずだ。金がかかるわけでも、さほど時間をとられるわけでもない。たとえ結果が出なくても、出場して損はないのではないか。

小夜子はしばらく沈黙した。そして、きっぱりと言った。

「いや。やっぱやめとく」

「なんで？」

「なんでって、たいした理由はないけど。なんか気が乗らない」

「もしかして、まだ怒ってる？」

最初に謝っておけばよかった、と僕は今さら悔やんだ。謝って小夜子の気持ちをほぐしてから、本題に入るべきだった。

「別に怒ってないよ」

「ほんとごめん。悪かったよ。機嫌直してくれよ」

「だから、怒ってないってば」

「いや、ごめん。すごく反省してる。勝手に勘違いして、ばかなこと言っちゃって」

小夜子がため息をついた。

「どうして誠がそんなに必死になるのよ？　その井上とかってひとに、なんか言われた？　出ないとまずいことでもあるわけ？」

「そういうわけじゃないけど……」

せいぜい一時間ばかり話しただけの井上に、そこまで肩入れするつもりはない。僕が責任を感じているのは、彼ではなく小夜子本人に対してである。つまらない誤解で話をこじらせてしまったばっかりに、小夜子はへそを曲げ、貴重な出場権を手放そうとしている。

「せっかく選ばれたのにもったいないよ」

「そんなことないって。悪いけどわたし、興味ないから」

興味がないわけ、ないじゃないか。言いたかったけれど、言えなかった。じゃあね、と小夜子がすげなく電話を切った。

これ以上話してもらちが明きそうにないので、メールを書くことにした。感情的にさえぎられずにすむ分、言いたいことを存分に伝えられるかもしれない。もっとも、途中で読むのをやめてしまわれればそれまでだが。

この際、もやもやしていた気持ちも含め、正直に書いた。ふたりで依頼を受けるのを、僕自身も楽しんでいたこと。小夜子がすいすいと問題を解決してのけるのを見て、すごいなと感心していたこと。相棒、というほどたいした働きをしていたわけではないが、少しでも関わることができてうれしかったこと。反面、専門知識がないせいもあって、迷いもあったこと。中学のときにやめようと申し出たのはレイジの忠告がきっかけだったということだけは、さすがにふれずにおいた。

なにより、僕が小夜子の才能を否定しようとしているわけではないと伝えたかった。見守りたい、というとおこがましいかもしれないけれども、小夜子の能力を知る幼なじみとして応援したい。

あとは、ほとんど部長や井上の受け売りだが、マモコンの位置づけや参加する意義についても、僕なりの意見を書き添えた。ふたりの熱弁のおかげで、今や僕はマモコンに関して小夜子よりもたぶん詳しい。特別種目に出場することは、きっと今後の小夜子にとっても役に立つ。その機会をみすみす見送ってほしくない。

推敲を重ねたメールは一晩置いて、今朝送った。小夜子からの返信はまだない。

気がかりなのは、申込期限が迫っていることだった。小夜子が僕のメールを読んで、あるいはもう一度自分でよく考え直して、やる気になってくれたとしても、手続きをする時間がとれないと困る。明日からは学校もある。

考えはじめたら気になってきた。パソコンを立ちあげ、マモールのホームページを開いてみる。トップページの一番目立つところに、マモコンの特設サイトへのリンクボタンがあり、クリックすると画面が切り替わった。見た目は部長から渡された紙とほぼ同じだが、てっぺんに赤い長方形のバナーが加わり、〈エントリー受付中——締め切りまであと一日！〉と白抜きの文字がせわしなく点滅していた。

申しこみの手順をあらためて確認する。井上からも聞いていたとおり、まずは個人情報を登録し、それから参加種目を選ぶ、という二段階方式になっている。明日までにすませなければいけないのはひとつめの個人情報の登録で、出場種目のほうは、十二月下旬の開催日の直前まで、追加も変更も可能らしい。

〈登録の所要時間は五分程度です〉という親切な記載も見つけて、ほっとした。それならぎりぎりでもなんとかまにあうかもしれない。けれど、さらに次の行を読んで、不安が再びわきあがった。

〈締め切り直前にはアクセスが集中し、回線がつながりにくくなるおそれがあります。できるだけお早めにご登録いただくよう、ご協力をお願いいたします〉

がっかりして画面を眺めているうちに、ふと名案がひらめいた。

僕があらかじめ、小夜子の名前でかわりに申しこんでおけばいいのではないか。基本的な情報なら、だいたいわかる。

入力画面を開き、上から順に埋めていく。氏名、生年月日、電話番号、メールアドレス、と進む。マモコンネーム、という項目もある。いわゆるハンドルネームだ。マモコンでは、本名のかわりにこれを正式名称として使うらしい。アルファベット六文字以上十五文字以内と指定されていたので、SAYOKOにしてみた。海外からの参加者もいるという話を思い出す。

そこまでは順調だったけれど、次の項目でつまずいた。対応可能なプログラミング言語とそのレベル、とある。念のため、プルダウンの選択肢も確認してみると、さっぱり理解不能な固有名詞ばかりが並んでいた。その下には、技術的な経験や得意分野を入力する欄も続いている。これは僕ではわからない。単なる参考情報なのだろうとは思うが、あてずっぽうに入力するのも気がひける。

やっぱり、僕がなりすますのは無理があるだろうか。

キーボードを打つ手を休め、マウスを動かして、ざっとページの下までスクロールしてみた。ここさえ乗りきればなんとかなるのか。それとも、また他の難しい質問が用意されているのか。

入力画面の一番下、送信ボタンの下に記された最終行を読んで、ため息が出た。

〈ご入力ありがとうございました。データを受領後、ご指定いただいたメールアドレスに受付完了メールを送らせていただきますので、ご確認下さい〉

それはまずい。今の時点でそんなメールが小夜子のもとに届き、僕が勝手にあれこれ進めていると知られたら、事態がますますこじれてしまう。

僕はキーボードから手を離し、こめかみをもんだ。パソコンの傍らに置いた、特別種目のコードが書かれたカードが目に入る。井上はさぞがっかりするだろう。それから、部長に報告もしなければいけない。予防線は張っておいたものの、落胆ぶりを想像すると気が重い。快諾しかけていた小夜子が渋り出したのは僕の失言のせいなのだから、なおのことだ。

こうなったら、小夜子の名前で参加するのはあきらめて、部長のマモコンネームを借りるというのはどうだろう。

でもそのためには、部長にもこの特別種目について説明しなければいけない。やむをえない状況とはいえ、あれほど他言無用と念を押されたのに、打ち明けていいものだろうか。厳重に口どめすれば大丈夫か。あの部長に秘密が守れるだろうか。むやみに言いふらすとは思えないが、すごく口が堅いようにも見えない。特に、この方面の話題では、なにかと熱くなりがちである。それで参加資格を失ってしまったら元も子もない。

僕は何度目かのため息をついて、画面に目をやった。入力したＳＡＹＯＫＯの文字が目に飛びこんでくる。

あっと思った。部長に頼むくらいなら、もっといい方法がある。僕はパソコンに向き直って、せっせとキーボードをたたきはじめた。

次に小夜子と話せたのは一週間後、土曜の午前中だった。

小夜子のほうから電話してきた。もしもし、と言ったきりためらっている。僕は期待をおさえきれずにたずねた。

「マモコンのこと？」

「うん」

やった、と胸の中で叫んだ。もう半分あきらめかけていた。

すでに部長にも、だめだったと伝えた。案の定、がっくりと肩を落としていた。責められるだろうと覚悟していたのに、いえいえ山田くんのせいではありませんから、とさびしそうに言われてよけいに申し訳なかった。

「出てみてもいいかと思ったんだけど」

小夜子は再び口ごもり、言いにくそうにつけ足した。

「でも締め切りが」

決めきれないままに時間が経ってしまい、ようやく決心がついてサイトを見てみたら、すでに締め切りを過ぎていたのだろう。この一週間、学校でもずっと考えていたのかもしれない。たまに廊下ですれ違っても、どこか上の空だった。もしかしてレイジにも相談したのだろうか。奴ならきっとマモコンのことも知っている。出たほうがいいとすすめられたのかもしれない。

僕は口を開こうとして、また閉じた。レイジのおかげでもなんでも、この際どうでもいい。せっかく小夜子が考え直してくれたのだ。今度こそ、失敗は許されない。

どう切り出そうかと思案していたら、小夜子が遠慮がちに続けた。

「それはいいんだけど」

いや、よくはない。それに、あきらめるのはまだ早い。ちゃんと手は打ってある。

「誠、メールありがとう」

「ああ、うん」

意表をつかれて、まぬけな声が出た。

「じゃあまた」

「いや、あの、ちょっと待って」

あせってひきとめる。

「大丈夫。もう登録はしてあるから」

僕は自分の名前でマモコンに登録しておいたのだ。本名や連絡先といった情報はすべて自分のものを入力し、マモコンネームだけSAYOKOとしておいた。わざわざ部長に事情を明かして協力をあおぐよりも、このほうが簡単だし合理的だ。向こうからなにか連絡が入ったときにも、僕が預かってすぐ小夜子に伝えられる。

「そう、なんだ」

説明を聞いた小夜子は、あっけにとられているようだった。僕はこわごわ謝った。

「ごめん。勝手に先回りしちゃって」

少なくとも小夜子には、迷惑はかからないはずだ。もちろん、本来は本人でなければいけないのだろうが、別に不正を働こうというわけではない。名前を貸したというと、なんだかおおげさに聞こえるけれど、要は僕が代理として登録しただけだ。マモコンの世界ではあくまで「ＳＡＹＯＫＯ」が参戦する。

小夜子はしばらく黙りこんだ。僕がだんだん心配になってきて、もう一度謝ろうと口を開きかけたとき、

「ありがとう」

とやわらかい声が聞こえた。

マモコンは十二月下旬の週末に開催された。

部長に日程を聞いたときには特になんとも思わなかったが、僕たちにとってはかなり都合のいい時期だった。ちょうど直前まで期末試験があって、金曜日に晴れて自由の身になったばかりだ。

十二月のはじめには、マモコンの特設サイトに二日間の予定が掲載された。学校の時間割表のような感じで、たくさんの種目が配置されている。時間帯によっては複数の種目が重なっている枠もあった。もちろん、小夜子――正確にはＳＡＹＯＫＯ――の出場する特別種目は、その表には載っていない。かわりにメールで、日曜日の午後三時から開始すると連絡があった。

メールには競技の概要やルールが記され、当日のリンク先も貼ってあった。ためしにクリックしてみると、エラーメッセージが出た。指定の時刻になってはじめて有効になるらしい。届いたメールをそのまま小夜子へ転送しようとしたら、これもエラーになってしまった。小夜子によれば、情報がもれるのを避けるための工夫だろうということで、しかたないので印刷して渡した。

当日、僕は二時過ぎに小夜子の家へ向かった。寒いけれど、よく晴れている。試験が終わった解放感もあって、心も足も軽い。

小夜子の部屋に入るのはひさしぶりだった。いつもどおりの定位置、小夜子がパソコンの前、僕はその隣に座る。前に来たのはいつだったかと記憶をさかのぼってみたら、達也が真琴に送ったメールを削除したとき以来だった。もう半年近くも前になる。

「見ててもあんまりおもしろくないと思うよ。ただ画面に字が並ぶだけだし」

そう言われても、やっぱり気になる。おもしろくなくても別にかまわないし、おもしろがれるとも期待していない。小夜子なら、横で見ているだけでは腕がうずいていらいらするかもしれないが、僕にはそういう心配もない。

「あ、見られてたら気が散ったりする？　落ち着かない？」

「それは大丈夫だけど」

即答だった。

「はじまるまでに、なんか準備とかないの？　予習とか」

どちらかといえば、僕のほうこそ落ち着かない。小夜子がおかしそうに首を振った。

「ないない。期末試験じゃないんだから。今さらあせったってむだだよ」

僕の緊張をよそに、あきれるほどいつもと変わらない。とりたててはりきっているようでも、そわそわしているふうでもない。パソコンは起動したものの、頬杖をつき、どうでもいいネットニュースを流し読みしている。

開始直前の貴重な時間をじゃましてしまう心配はなさそうなので、僕は初歩的な質問をぶつけてみた。

「これって結局、なにをするわけ？」

メールによるとこの競技は、とある仮想システムのセキュリティウォールを突破して、メインサーバに侵入するという設定らしい。三時になったら標的へのリンクがつながり、参加者たちはいっせいにアクセスを試みる。ルールは非常に単純で、とにかく一番早くそのサーバに入れた者が勝ちだという。所要時間は最長でも一時間で、もし誰かが勝てばその時点で終了、仮にひとりも突破できなくても、一時間経てば自動的にゲームオーバーとなる。

「ざっくり言うと、いつもやってるのとちょっと似てるかも」

小夜子が言った。

確かに、これまで引き受けてきた依頼の内容を思い返してみると、小夜子がわりと得意な分野のように思える。ひょっとしたら、いい線までいけるかもしれない。なにも手伝えない僕が無責任に盛りあがってもしかたがないが、ひそかにわくわくしてくる。

「サーバの現物を見ないとなんともいえないけど。きっと何重にも保護がかかってて、それをひとつずつ解除していくことになると思う」

暗号を解く、あるいは小夜子の言葉を借りれば、「箱を開ける」のだ。周りに張りめぐらされた鎖をほどく呪文を見つけ出し、封印を破る。何本もの、もしかしたら何十本、何百本もの鎖をすべて解いてはじめて、秘密の箱が開く。

「そんなの一時間でまにあうの？」

「もちろん、いちいちパスワードを手打ちしていくわけじゃないよ」

小夜子が笑った。

「それに今回はちょっと特殊かも。このシステムって、たぶん全員共通だから」

「全員共通？」

僕が首をかしげると、小夜子は壁の時計を見上げた。三時までまだ十五分ほどある。

「たとえばね、これが金庫だとするじゃない？　人間が出入りできちゃうような、普通の部屋みたいに大きなやつ。周りには何枚も扉があって、それぞれに鍵がかかってて、全部を開けないと一番奥には入れない」

僕は巨大な金庫を思い浮かべてみた。パソコン同好会の部長が作っていたゲームを思い出す。

「予想なんだけど、その金庫ってひとりずつに準備されてるわけじゃなくて、ひとつしかないんじゃないかと思うの。つまり、同じ金庫をみんなが同時に開けようとする」

話にちゃんとついてこられているかを確かめるように、小夜子が僕の顔を見た。

「うん」

「そうなると、必ずしも全部の鍵を自分ひとりで開ける必要はないよね？　いくつかの扉は、誰かがもう開けてくれてるかもしれない。鍵がこわされてるかもしれない」

小夜子の言いたいことが、ようやく僕にもわかってきた。

「もちろん、開けて自分ひとりが奥に進んでから、また閉め直すひともいるかもしれない。逆に、もう開いてる扉の鍵を、そうとは気づかないでいつまでもいじっちゃう場合もあるかも。でも、自分ひとりでやるのとは違う」

もしその仮定が正しければ、ふだんはひとりで動いている小夜子にとっては、確かに特殊な状況といえる。

「そうだとしたら、運もけっこうあるかもね。まあ、やってみないとわからないけど」

小夜子が再び時計を見上げた。ちょうど三時一分前だった。

「あ、そろそろはじまるね」

小夜子は正面のパソコンに向き直った。背筋を伸ばしてリンク先のＵＲＬを入力し、エンターキーを押す。

画面が黒く塗りつぶされた。誰かが走り書きしているかのように、白いアルファベットが一文字ずつ、左から右へとすばやく浮かびあがる。

〈ＨＥＬＬＯ ＳＡＹＯＫＯ！〉

まもなく文字が消え、背景は青一色に変わった。しんと静まった部屋に、小夜子の指がキーボードをたたく音が響きはじめる。

僕も黙ってモニターを見守った。それらしい絵、たとえば鍵だとか扉だとかが映るわけでもなく、相変わらず無地に白い小さな文字が並んでいるだけの、そっけない画面だ。いつもとやることは似ているはずだと小夜子は言ったが、見た目もふだんのそれと変わらない。

「え？」

小夜子がいきなりつぶやいたのは、開始から十分ほど経った頃だった。

「どうしたの」

僕は驚いて声をかけたが、小夜子の耳には届かなかったようだ。ああ、そっか、とひとりごち、再びなにやら打ちこみはじめる。

あっ、とか、うそ、とか、その後も小夜子は時折声をもらした。小夜子が作業中に声を発するのは珍しい。少なくとも僕ははじめて聞いた。先ほど小夜子が言っていたように、画面の向こうで同時に手を動かしている相手が存在するせいだろうか。自分ひとりでやっているときと違って、予想外のことが起きるのかもしれない。

それは小夜子にとって吉と出るのか、凶と出るのか。いちがいに有利だとも不利だともいえないのか。

勝者となるのは、一番奥の扉を開けて中に入れた最初のひとりらしい。言い換えれば、その前にある扉を何枚開けても、途中で追い抜かれては意味がない。ものすごく極端にいえば、先頭を走っている誰かの背後にぴったりくっついて進み、最後の最後で押しのけてかわりにゴールインすることもできるだろう。そういう犯罪小説を読んだことがある。カジノの金庫破りだったか、銀行強盗だったか、有能な相棒にすべて任せ、最終的にはその仲間を撃ち殺して獲物を独り占めする極悪非道な大泥棒が出てきた。

今回は物理的に扉を開けるわけでも、他人と協力して事にあたっているわけでもなく、横から首尾よくだしぬくというのが技術上可能なのかはわからない。けれど、運もある、と小夜子も言っていた。他人を利用しようとか蹴落とそうとか意図しなくても、ゴールまで残り数メートルを追いあげて逆転勝ちするマラソン走者がいるように、結果的に最後の扉を開ける機会がめぐってくることもありえるかもしれない。

「あっ」

小夜子がまたかすれた悲鳴を上げた。さっきまでとは声の調子が少し違うように聞こえて、僕は思わず問いかけた。

「大丈夫？」

返事はなかった。小夜子は手をとめてモニターを凝視している。僕はちらりと時計を見上げた。三時五十五分、強制終了の時間にはまだ少しだけ早い。

小夜子がゆっくりとキーボードから両手を離し、口もとをおおった。その視線をたどって、僕も画面に目をやった。最初と同じ黒い背景に戻っていた。

「終わったの？」

負けたの、と聞くのはしのびなかった。小夜子が放心したように答えた。

「入れた」

「入れた？」

今度は僕の声がかすれた。

「勝ったってこと？」

　そのわりには地味な画面だ。七色に光るわけでも、紙ふぶきが舞うわけでもない。中央にただ一行、白いアルファベットの文字が行儀よく並んで点滅している。

〈HELLO SAYOKO, WE RESPECT YOUR SKILLS〉

　ハローサヨコ、きみの技術に敬服するよ。


　翌日の放課後、昇降口の下駄箱で靴をはきかえていたら、パソコン同好会の部長に出くわした。

「少しお時間よろしいですか」

　挨拶もそこそこに、真剣な顔で言う。待ちぶせされていたようだった。僕はため息をこらえてうなずいた。

「少しなら」

　いったん家に帰って、夕方から達也の家に泊まりがけで遊びにいくことになっている。明日は祝日なので学校は休みだ。高校も、小学校も。

　明日の午後、友達を家に招いて少し早めのクリスマスパーティーを開こうというのは真琴の発案だそうだ。兄も誰か呼べばいいと言い出したのは、恋人と過ごすべきクリスマス直前の休日に予定がなくなってしまったのを見かねたからではないか、というのは僕の考えすぎだろうか。小学生の集まりにまざるのもどうかと思ったが、達也が乗り気のようなので断りそびれた。どうせなら泊まりに来いよとしきりに誘われ、前日入りすることにした。

そこまではよかった。新たな事実が明らかになったのは、ついさっきの話だ。

「そうだ、マコが陣野さんも呼んだってさ」

達也は悪びれずに言った。

「は？　なんで？」

僕の声は裏返ってしまった。

「マコの中では、誠と陣野さんがセットになってるみたい」

小夜子は昨日、なにも言っていなかった。マモコンのことで頭がいっぱいだったせいか。でも、三時になるまでは雑談をする余裕もあった。

「ああ、でも、泊まりではないはず。マコがやりとりしてるから、おれが直接聞いたわけじゃないけど」

あたりまえだ。

小夜子は大丈夫なのだろうか。もう達也のことはふっきれたのか。それとも、真琴から熱心に誘われて、断りにくかったのか。小夜子も気の毒だけれど、僕だって困る。どんな顔をしてふたりと過ごせばいいのかわからない。

こんな状況で、部長のお喋りにつきあいたい気分ではなかった。しかしマモコンの借りもある。気乗りしない僕をひっぱって、部長は駅前のハンバーガーショップに入った。

「なんでも好きなものを頼んでいいですよ」

やけに太っ腹なことを言う。一番高いサーロインステーキバーガーを注文してやろうかとも考えたものの、結局はバニラシェイクにした。われながら気が小さくていやになる。

ひょっとして部長の話もまた小夜子がらみだろうか。そうすると、小夜子に関する気がかりは三つに増えてしまう。

ひとつめはクリスマスパーティー、そしてふたつめはマモコンのことである。

ハローサヨコ、きみの技術に敬服するよ——昨日、画面に浮かびあがった英文のメッセージを読んだときには、小夜子が優勝したのだと僕も思った。やった、すごいよ小夜子、と興奮して大声を上げてしまった。小夜子のほうは僕より冷静だったが、それでもやはりうれしそうだった。

てっきり井上か、そうでなければマモールの誰かから連絡がくるかと思ったのに、しばらく待ってもメールも電話も入らなかった。ひとまず解散し、僕は家に帰った。よく考えてみれば、井上からも、勝ったらどうなるのか具体的な話は聞いていない。前に送られてきたメールの文中にもそのあたりは書かれていなかった気がした。念のために読み返してみようと確認したら、メールはいつのまにか消えていた。小夜子に転送しようと試行錯誤していたときに、間違えて削除してしまったのかもしれない。

ところが今日になっても、相変わらずなんの音沙汰もない。

僕はだんだん不安になってきた。小夜子は本当に優勝したのだろうか？　勝ったというのは小夜子の勘違いで、実際には他の誰かに先を越されていたということはないだろうか？　勝者への祝福と読めたあのメッセージにしても、英語なので意味を取り違えているのかもしれない。いわば参加賞のような意味あいで、ごくろうさまとねぎらっていると解釈できなくもない。

でも、喜んでいた小夜子に向かって、確かに勝ったのか、とも聞けない。どうしたものかと思案しつつマモコンのサイトを見てみたら、今日中にはホームページ上で全体の結果発表が行われると書いてあって、胸をなでおろした。まさに今、運営側では二日間の結果をとりまとめている最中なのだ。個別の連絡はその後なのだろう。もちろん特別種目についてはサイトには載らないはずだけれど、おそらく今日か、遅くとも明日くらいには、なにかしら連絡が入るのではないか。

ハンバーガーショップの小さなテーブルで部長と向かいあいながらも、頭の中ではそんなことを考えめぐらしていたので、

「結果、出ましたよ」

と切り出されてぎくりとした。聞くまでもないことを、聞いてしまう。

「マモコンの？」

「はい」

当然だろうと言わんばかりに、部長が力強くうなずいた。かばんから小型のノートパソコンを取り出して開き、僕からも画面が見えるようにテーブルの中央に置く。

〈結果発表！〉

もはや僕も見慣れてしまったホームページに、大きな文字が躍っていた。その下に縦長の表が載っている。種目名と開催された日時、そして優勝者のマモコンネームが一行ずつ書かれているようだ。

「これ、見て下さい」

矢印のかたちをしたカーソルを表の中ほどに合わせ、部長が胸を張った。もしや彼もなにかの種目で優勝したのかと僕は一瞬思ったが、種目名がひとつクリックされ、画面が切り替わった。また新しい表が映し出される。

種目別の詳細結果らしい。さっきの表には、ひとつの種目につき一位のひとりだけが載っていたのに対して、こちらでは順位の数字とともにマモコンネームがずらりと並んでいる。表は縦に長すぎて画面におさまりきらず、途中で切れていた。どんどん下へスクロールして、ようやく末尾が現れる。二百位だった。

「僕です」

部長がおもむろに指さしたのは、最後尾近くの一行だった。ＳＪＬＯＶＥ、とある。ＬＯＶＥというのは英単語そのままの意味で使っているのか、それともなにかの略語や頭文字だろうか。ＳＪのほうも謎である。

うっかり聞こうものならまた話が長くなりそうなので質問はひかえ、僕はかわりにＳＪＬＯＶＥの順位を読みあげてみた。

「百八十七位」

「はい」

部長がいよいよ胸をそらした。

「おめでとうございます」

僕は一応言って、ストローでシェイクを吸った。甘い。

「二百位以内ですよ！」

薄い反応が気に入らなかったようで、部長は口をとがらせている。でも、それがどの程度すごいのか、僕にはぴんとこないのだからしかたがない。

「参加者は一万七千人ですよ」

「えっ」

シェイクをふきだしそうになった。

「そんなに？」

「この種目はけっこう人気があるんです」

「それは、おめでとうございます」

先ほどよりは心をこめた。僕の頭の中を占めていたのは、しかし部長よりも小夜子のことだった。特別種目の参加者はもっと少ないはずだ。反面、ひとりひとりの水準はずっと高い。そこで一番になったなんて、やはりただごとではない。

「せっかくだから、一緒に出られればよかったんですけど」

部長のほうも、目の前にいる僕ではなく、ここにいない別の人間に想いをはせているようだ。

小夜子が結局はマモコンに出たと、彼は知らない。最初に断られたときに、そう伝えたきりになっている。その後の経緯を、しかもふせなければならない部分をうまくごまかしつつ、もっともらしく説明してのける自信がなかったのだ。

「よかったら、僕の成績のことを伝えておいてくれませんか」

部長が身を乗り出した。そのためのシェイクだったのか。

「わかりました」

特別種目の件を内緒にしているのも気がとがめていたし、断る理由はない。

「ありがとうございます」

部長は顔をほころばせ、放置していた自分のコーラに口をつけた。用件はそれだけらしく、空いているほうの手でパソコンを閉じかける。

「あれ?」

彼の声につられて、僕もモニターに目をやった。一番上に、さっきまではなかった赤いリボンのような帯が出ている。

「なんだろう?」

部長が画面に顔を近づけ、帯の上を流れていく文字を読みあげた。

「本日の一部メディアによるマモコン関連の報道については、現在社内で調査中です。状況が確認できしだい追ってお知らせいたします。皆様にご心配とご迷惑をおかけしましたことを深くおわび申し上げます……なんだこれ?」

手早くニュースサイトを開き、検索をかける。めあての記事はすぐに見つかった。

〈大手IT企業の基幹システムに何者かが侵入——情報セキュリティ会社・(株)マモールの基幹システムに侵入したとして、本日、複数の報道機関に向けて犯行声明文が送られた。犯人は昨日午後三時頃から同社のネットワーク全体を保護しているセキュリティシステムを攻撃し、およそ一時間後にメインサーバへの侵入に成功したとのこと〉

昨日午後三時、というところまで読んで、僕は息をのんだ。セキュリティシステムを攻撃、サーバへの侵入、ものものしい言葉が次々と目に飛びこんでくる。

〈当日は同社の主催する一般公募制の技術コンクールが開催されており、事件との関連性について調査が進められている。同社は本日午後に記者会見を開き、守山代表取締役社長が、事実関係を確認中のため現時点ではコメントをひかえたいと述べた。犯行の目的や詳細な手口はいまだ不明だが、短時間でシステムに多大な負荷をかけたと考えられることから、複数の技術者による同時攻撃が行われたのではないかと専門家は見ている。高度な技術を持つ集団による組織的犯行の可能性も高く、迅速な被害状況の把握と対応が求められる〉

「よりによってマモールが？　信じられないな。なにかの間違いじゃないの」

ぶつぶつと言っている部長に相槌も打てず、僕は呆然と画面を眺めた。偶然にしては、できすぎている。

「どうしました？」

いぶかしげに聞かれ、はっとした。こんなところで座りこんでいる場合ではない。失礼します、と上の空で会釈して、僕は店を飛び出した。

とりあえず電車に乗り、家の最寄り駅で降りた。改札を出て、小夜子の家まで歩きながら、携帯電話を取り出す。

まずはもちろん、小夜子にかけた。家に行ってもいいかと聞くつもりだったが、つながったのは留守番電話だった。ふだんならそのまま切るところだけれど、メッセージを残した。

「マモコンのことで、なるべく早く話したい。これ聞いたら連絡して」

このまま小夜子の家を訪ねてみようか。もし本人が帰っていなくても、約束していたと母親に言えば待たせてもらえるだろう。考えつつ、達也にもかけてみた。まだ部活が終わっていないようで、こちらも出ない。同じく留守番電話にメッセージを吹きこんでおいた。

三本目の電話をかけようとして、番号が手もとにないことに気づいた。井上の名刺は家に置いてある。

「悪いけど、急用ができてちょっと遅くなるかも。また連絡する」

もっとも、彼に問いあわせても、事情を説明してもらえるかは疑問だった。今となっては、本当にマモールの社員かすらあやしい。

もしも井上がニュースで報じられていた「組織的犯行」の首謀者だったとしたら。競技に見せかけて、有能な技術者を募っていたのだとしたら。いやな想像ばかりがふくらんで、息が苦しくなってくる。僕たちも罪に問われるかもしれない、と考えついてぞっとした。真の目的は知らなかったにせよ、結果的に協力したかたちになってしまう。

クラクションの音で、われに返った。

いつのまにか住宅街に入り、歩道のない狭い通りにさしかかっていた。あわてて道の端に寄る。タクシーと黒い乗用車が、順に僕の横をすり抜けて走り去った。

歩調をゆるめ、深呼吸する。冷静になろう。あれが犯罪だったとまだ決まったわけではない。部長の言っていたとおり、犯行声明そのものがなにかの間違いか、あるいは狂言かもしれない。仮に「複数の技術者による同時攻撃」が実際に行われたのだとしても、一般人がなにも知らずに手を貸していたなんてことがありうるだろうか。たまたま時間帯が重なっただけで、まるで関係がない可能性もある。あるどころか、断然高い。

小夜子の家の前を、僕は素通りした。やっぱり、いったんうちに帰って井上に連絡してみよう。小夜子と話をするのはその後でも遅くない。

家にたどり着くと、門の前に黒いセダンがとまっていた。

狭い一本道でここだけ道幅がやや広くなっていて、宅配便のトラックやタクシーが停車していることはときどきあるのだが、急いでいるときは舌打ちしたくなる。ちょうど門をふさぐ格好になって、中に入れないのだ。

運転席の側に回ろうとした僕の目の前で、車のドアが開いた。ねずみ色のスーツを着た、背の高い中年男が降りてくる。

「ちょっと、すみません」

僕はあわてて駆け寄った。このまま車を置いていかれては困る。男は僕の顔をじろりと見て、口を開いた。

「山田誠さんですね？」

ドアの音がして振り向くと、助手席からも似たような服装の男がもうひとり出てきた。こちらは背が低い。サスペンスドラマに出てくる二人組の私服刑事が、テレビの画面から抜け出してきたかのようだった。

「山田誠さんですね」

背の高いほうの男がもう一度言った。どすの利いた声だった。もうひとりは僕のすぐ後ろに立っている。逃げ出されるのを警戒しているのかもしれない。逃げようにも、僕の足はすくんで動けないのだが。

「はい」

観念して答えた。男が浅くうなずき、胸に手をやった。ポケットから手帳を取り出そうとしているのだろう。それもドラマで見たことがある。

そのとき、口もとになにかが押しあてられた。叫ぼうとしたけれど、かすれたうめき声しか出なかった。意識がとぎれる前に僕が見たのは、黒い手帳ではなく、薄桃色の夕焼け空だった。

7

まぶたを開けると、真っ白な天井が見えた。

首を左右に動かしたら、さらにいろんなものが目に入った。天井からぶらさがっているシャンデリアふうの照明、白っぽい光を帯びたレースのカーテンと木製のローテーブル、左手の視界をさえぎっているこげ茶色の壁は、よく見れば革張りのソファの背のようだった。

そのソファに、僕はあおむけに寝そべっているらしい。

二度、三度とまばたきをしてみる。目に映る景色は変わらない。シャンデリアにもカーテンにもテーブルにもソファにも見覚えはない。頭がだるい。体も重い。寝ぼけているのか。もしかして、まだ夢を見ているのだろうか。

どこからか声が聞こえてくる。

「おはようございます」

この声も知らない。いや、かすかに聞き覚えがあるような。

一気に目が冴えて、跳ね起きた。ソファの背もたれの向こうに、男がふたり立っていた。片方はかなり背が高く、もう一方はかなり低い。

「手荒なまねをしてしまって失礼しました」

背の低いほうが口を開き、

「少し眠っていただいただけですのでご心配なく」

背の高いほうが後を継いだ。手荒なまねだの、眠っていただいただの、ミステリー小説に登場しそうな物騒な言葉を、現実に耳にするのははじめてだ。

と、感心している場合ではない。

僕はソファから飛び降りた。窓のほうへじりじりと後ずさる。ふたりはその場から動かず、悠然と僕を眺めている。

室内は明るく、広々としている。僕の寝かされていた、窓に向かって置かれたソファとテーブルのほか、部屋の中央に立派な応接セットも据えられている。さらに奥にはダイニングテーブルと椅子、壁際に重厚な書き物机やチェストも並んでいた。チェストの上に、白い百合が何本も活けられた大きな花瓶が飾られ、その横の壁にはこれも巨大なテレビモニターがはめこまれている。僕がこれまで立ち入ったことのある中で、間違いなく最も豪華な部屋である。

男たちは応接セットまで退却し、深緑色のソファに向かいあって腰を下ろした。

「そう硬くならずに、おくつろぎ下さい」

「よかったら朝食を召し上がりませんか。ルームサービスを手配しましょうか」

それこそ悠々とくつろいだ様子で、口々に言う。僕は窓辺につっ立ったまま、周囲を観察した。ともかく状況を理解しなければ。

　書き物机の上に置かれた時計は、文字盤に光が反射して、僕のところからは時刻が読みとれない。さっき朝食と言っていたし、レースのカーテン越しにさしこんでくる陽ざしの色あいからしても、午前中だろうか。ということは、僕はここで一夜を過ごしてしまったのか。場所もまた、まったく見当がつかない。ルームサービスをとれるとなると、どこかのホテルの一室なのだろうか。

　そしてなにより、このふたりはいったい何者なのか。刑事でないのはもはや明らかである。戦時中の特高警察ではあるまいし、現代の日本で容疑者を眠らせて連行するなんてありえない。

「申し遅れました。わたくしは鈴木と申します」

「わたくしは田中です。どうぞよろしく」

　僕の心中を読みとったかのように、ふたりが順番に名乗った。背の低いほうが鈴木で、高いほうが田中らしい。名前を聞かされたところで心あたりもない。山田の僕が言うのもなんだけれど、申しあわせたように平凡な苗字が、はたして本名なのかも疑わしい。

けれど鈴木が発した次の言葉を聞いて、名前どころではなくなった。

「わたくしどもは、株式会社マモールの社長室で働いております」

「突然のことで誠に恐縮ですが、山田さんにひとつだけお願いがございまして」

「早急に相談させていただきたく、こうしてお連れした次第です」

ぴったりと息を合わせて、鈴木と田中は交互に話す。

「われわれは山田さんに危害を加えるつもりはございませんので」

「どうぞご安心を」

まるで芝居のせりふを読みあげているようで、この珍妙な状況とも相まって、どうにも現実離れして聞こえる。

てっきり警察が追ってくるとばかり心配していたが、被害者であるマモールも、じきじきに犯人探しに乗り出してきたのだろうか。よほど解決をあせっているのか、腹に据えかねているのか、もしや仕返しがしたいのか。しかしこういうときは、基本的には警察に任せるのが筋なのではないか。

「はじめに申し上げておきますが」

鈴木が咳ばらいした。

「今からお話しすることは、あくまで弊社からの提案です。山田さんにとっても決して悪い話ではないと確信してはおりますが、強制するつもりはございません」

「ましてや脅迫でもありません。くれぐれも誤解のないようにお願いします」

田中がすかさずつけ加えた。かえって脅迫めいて聞こえる。

「よろしいですか？」

うなずく以外に、僕にはどうしようもなかった。

「ありがとうございます」

ふたりが口をそろえた。二対の目が、ひたと僕をとらえる。慇懃（いんぎん）な物腰とはうらはらに、まなざしはひやりと冷たい。

現実だ、と僕は悟る。かなり現実離れしているものの、これは確かに現実だ。

「それでは単刀直入に申し上げます」

鈴木が言った。

「マモコン当日になさったことを、ここでもう一度やってみせていただきたいのです」

今度は、うなずけなかった。

鈴木に目くばせされた田中がさっと立ちあがり、書き物机からノートパソコンをとってきた。ローテーブルの上でふたを開いて起動させ、鈴木の正面に置く。

「マモコン二日目、日曜日の午後三時時点での環境を、ここに再現してあります。山田さんのＩＤでログインもしておきますね」

鈴木がキーをいくつかたたいた。

「複数の参加者がいたようですから、まったく同じ状況にはならないと思いますが、ひとまず山田さんのアプローチを把握させていただければと」

「あの、それはちょっと……」

「ちょっと？」

田中が太い腕を組み、眉を寄せた。一気に人相が悪くなる。

「まさか、忘れたなんてことはありませんよねえ」

おい田中、と鈴木がたしなめた。

「記憶があやふやな部分もおありかもしれません。当日は一時間近くかかったようですが、必要に応じてもっと時間はさしあげます」

険しい表情の田中とは対照的に、口もとに笑みさえ浮かべているのに、どういうわけかいっそう凄(すご)みがある。

「そうはいっても、できれば夕方までにはご自宅へお送りしたいところですが。今日もお友達のおうちから帰ってこないようでは、ご両親が心配なさるでしょうから」

彼らは僕の予定までお見通しらしい。いよいよ背筋が寒くなった。

「こんなことして、大丈夫なんですか？」

勇気を振りしぼって、抗議してみる。

「こんなこと、と申しますと？」

「僕はまだ逮捕されているわけじゃない。なのに、こんなふうに監禁して、おどしたりするなんて……」

「ですから、先ほども申し上げたとおり、これは脅迫ではありません」

鈴木が穏やかな、しかし有無を言わせぬ口ぶりでさえぎった。

「このようなかたちでお連れした点はおわびします。なるべく早くお話しさせていただくために、やむをえない措置でした。ご容赦下さい」

深々と頭を下げる。隣の田中も、すかさず鈴木にならった。

「山田さんをおどかすつもりは毛頭ございません。われわれ双方のメリットをふまえて、あくまで対等な立場で、ビジネスとしてお話しさせていただいております。どうぞよくお考え下さい。今回だけご協力いただければ、この先は一切お手を煩わせません。マモールの名にかけて、この鈴木が責任を持ってお約束いたします」

鈴木はおそろしく真剣な目で、よどみなく訴える。うそやでまかせには聞こえない。

これは本当に、対等な立場でのビジネスなのだろうか？　双方にとってメリットがあるのか？　僕のメリットは明快だ。警察につかまらなくてすむ。でもマモールにとってはどうだろう？　警察を出し抜いてまで、直接交渉したがるのはなぜだろう？

「万が一、ご協力いただけない場合は」

鈴木が声を落とし、ためらうように一拍置いた。

「残念ですが、警察にお願いするまでです。山田さんが逮捕されたら、親御さんは悲しまれるでしょう。お友達もびっくりするでしょう。どうか前向きにご検討いただけませんか」

やっぱり脅迫じゃないか。

「わかりました」

僕はため息まじりに応えた。ふたりがそろってにっこりした。

「ご理解ありがとうございます」

「ご賛同いただけてなによりです」

「おっしゃることは、わかりました」

僕が言い直すと、彼らはあからさまに表情を曇らせた。

「と、言いますと？」

田中がいらだたしげに言った。さっきと違って鈴木もとがめない。ひるみそうになりながらも、僕はたずねた。

「僕にとって悪い話じゃないのはわかりました。でも、マモールにとってはどうなんですか？」

やっぱり彼らのメリットがはっきりしない。はっきりしない以上、安易に話には乗れない。どんな推理小説でも、登場人物が不可解な行動をとるときには、裏に隠された意図がある。

　問い返されるとは予期していなかったのか、鈴木は少し驚いたようにまばたきした。田中と目を見かわして、口を開く。

「では正直に申し上げます。弊社はこの件をできるだけ穏便に解決したいと考えています。セキュリティ会社がセキュリティを破られるなんて、非常に不名誉なことですから」

「鍵屋が泥棒に入られるようなもんです」

　田中も仏頂面でつけ足した。事件がマスコミを通じて広まってしまったのは、マモルにとって痛恨の極みだったという。なるべく大ごとにはしたくなかった。当初は警察にも通報せず、社内で独自に調査を進めるつもりだった。

「そこへあの犯行声明です。こうして事件を隠しきれなくなってしまったからには、せめて内部の犯行だったという方向で事をおさめたいのです」

「それでも不祥事は不祥事ですが、社内機密に通じている身内の仕業だったというほうが、縁もゆかりもない外部の人間に侵入されたというよりはずっとましです」

　警察にも、その社員を解雇処分にすることにしたと説明すればすむ。今までの働きもあり、本人も反省しているので、あまり事を荒だてずに見逃してやりたいという筋書きにすればいい。ただし、そのように主張するなら、それなりの準備が必要となる。実際になにが行われたのかを正確に把握し、証拠として用意しておかなければならない。

「そういうわけで、恥ずかしながら山田さんにご協力をお願いしている次第です。われわれが急いでいる理由も、これでおわかりでしょう」

「あの犯行声明さえなければ、もう少し余裕を持って話を進められたはずなんですが」

田中が苦々しげに顔をゆがめた。鈴木が僕を見据えた。

「そういえば、あれは山田さんが出されたものではありませんよね？」

「まさか」

僕はぎょっとして答えた。あの犯行声明は、井上か、そうでなければ彼の仲間が出したものだろう。

井上のことを、鈴木たちにも打ち明けるべきだろうか。言うなれば、僕らはどちらも被害者なのだ。しかし、このふたりをどこまで信用していいものか、まだ判断がつきかねる。

「そのようですね。お目にかかってみて、わかりました。最初は山田さんかとも思っていたのですが」

鈴木は思いのほかあっさりと言った。

「まあ、どいつの仕業か、目星はついてるけどな」

田中がいまいましそうに吐き捨てた。丁寧な口ぶりをうっかり忘れたようだった。こちらが地なのだろう。

「その件は別途こちらで調べていますので、ご心配なく。山田さんに教えていただきたいのは、どのようにしてシステムを突破したのかという一点だけです」

幼い子どもに言い含めるように、鈴木がゆっくりと続ける。

「今回の首謀者が山田さんではないということはわたくしどもも承知しています。ただ、実行犯……失礼、実行者であることには変わりありません。その責任さえとっていただければ、なんの問題もございません」

要するに、自分のやったことだけは自分で落とし前をつけろ、と言いたいらしい。背後に黒幕が存在する以上、事件全体について僕を責めるつもりはない。反面、なにもかも井上のせいにしてごまかすことも許さない、ということなのだろう。

鈴木が話している途中で、田中が携帯電話を耳にあてて部屋の外へ出ていった。着信があったようだ。

「お話ししたかったことは以上です。なにかご質問は？」

僕は黙って首を振った。要求は明確すぎるくらい明確だ。

中座していた田中が部屋に戻ってきて、鈴木に何事か耳打ちした。ひとことふたこと、ぼそぼそと短いやりとりがあって、

「しばらくお時間をさしあげましょうか」

と鈴木が僕に言った。

「われわれがいては集中できないでしょうから、ひとりになってよくお考え下さい。そうだ、お食事も手配しますね。よかったら召しあがって下さい」

田中が書き物机に近づき、電話の受話器をとりあげて、ルームサービスを注文しはじめた。鈴木がにっこりして僕を見た。

「われわれの帰りをお待ちいただく必要はございません。お気持ちが決まりしだい、いつでもはじめていただいてけっこうです。操作の内容はすべてパソコンに記録されますので」

僕の返事を待たずに、ふたりは連れだって部屋を出ていった。

ノートパソコンと、豪勢な朝食とともに、僕は部屋に取り残された。

食事とコーヒーのいいにおいが、鼻をくすぐる。ソーセージとオムレツからほんのりと湯気がたちのぼり、ガラスのボウルに色鮮やかなサラダと果物がそれぞれ盛られ、小さなかごに何種類ものパンがどっさり入っている。こんな状況でなければ食欲をかきたてられるだろうが、今はなにも食べる気になれない。むしろ吐きそうだ。

食器に刻印されているロゴで、ここは僕でも名前を知っているような外資系の超高級ホテルだと判明した。どうりで調度が立派なはずだ。ワゴンを押して登場したサービス係も礼儀正しかった。ばかでかい部屋でひとり途方に暮れている高校生をいぶかしむそぶりも見せず、きびきびとダイニングテーブルを食卓としてととのえ、にこやかに去っていった。

「なにかお困りの点などございましたら、いつでもお申し付けください」

ある。とても困っている。

助けを求めてみようかとちらりと考え、すぐに思い直した。逃げてもむだだ。鈴木たちは僕の名前も住所も知っているのだから、また追ってくる。そもそも、鍵のかかった部屋に閉じこめられているわけでもないのだ。誰かに助けてもらうまでもなく、堂々と出ていくことだって、物理的にはたぶんできる。それでも逃げ出さないと判断したからこそ、彼らも平気で僕ひとりを置いていったのだろう。

あるいは警察に駆けこむとしたら、また話は違ってくるけれど、そんなことをしたら僕は罪に問われる。警察を相手に、さすがにごまかしはきかない。小夜子のことも白状せざるをえないし、ひょっとしたら今回の事件だけでなく、これまでに僕たちが受けてきた依頼についてもさかのぼって追及されるかもしれない。話がどんどん大きくなってしまう。鈴木の言うように、ここで彼らの提案に応じて事をまるくおさめたほうが、僕にとっても得策には違いない。

さっきまで鈴木が座っていた応接セットのソファに、僕は倒れこむように腰を下ろした。パソコンの画面をぼんやりと眺める。もうすっかり見慣れてしまったマモコンのトップページが開いてある。鈴木が言っていたとおり、すでにログイン状態になっていて、画面の上端に〈HELLO SAYOKO!〉と小さな文字が表示されている。

本当は、正直に話すのが一番いいのだろう。SAYOKOは僕ではない、実行者は別にいる、と。

でもそうすると、小夜子を巻きこんでしまう。それはなんとしても避けたい。井上にそそのかされて、マモコンの特別種目に出てみないかと持ちかけたのは僕なのだ。しかも、はじめ小夜子は乗り気ではなかった。半ば強引に参加をすすめた僕に、すべての責任がある。やはり、表向きは僕がやったということにして、小夜子の存在は隠しとおさなければならない。

なにかいい方法はないか。なにか、ないか――必死に考えているうちに、頭がくらくらしてきた。心臓がどきどきと脈打っている。小夜子に迷惑はかけられない。でも、どうやってシステムを突破したのかは、小夜子本人にしかわからない。

あ、と思わず声がもれた。

小夜子本人にしかわからないということは、小夜子本人に教えてもらうしかない。あたりまえのことだった。

小夜子に聞けばいいのだ。電話で手順を指示してもらいながら、僕がそのとおりに手を動かせばいい。小夜子ほど速くはないにしても、キーを打つくらいは僕でもできる。

幸い鈴木たちは席をはずしている。パソコンに操作の履歴さえ残っていれば、彼らも納得するだろう。今日はじめて、僕は胸をなでおろした。われながら名案だ。自分で自分をほめてやりたいくらいだった。

携帯電話を持っていないことに、気づくまでは。

鈴木たちにつかまったとき、僕は制服の上にダッフルコートを着ていた。そのポケットか、あるいは通学かばんの中に、携帯電話は入っていたはずだ。コートもかばんも部屋の中には見あたらないということは、おそらく鈴木たちが持っているのだろう。外部へ連絡されないように用心したのかもしれない。

書き物机に電話機は置かれているけれど、小夜子の電話番号がわからないので使えない。パソコンを使って連絡しようにも、履歴が残ってしまってはまずい。残る選択肢はただひとつ、ホテルを出て小夜子に直接聞きにいくしかないが、それも危険すぎる。第一、財布もないのにどうやって移動するのか。ここがどのあたりなのか、正確な位置はわからないものの、窓の外に広がっている高層ビル群を見る限り、僕らの住む町から徒歩圏内ではないのはまず間違いない。

万事休すか。

僕はへなへなとソファに座りこみ、呆然とパソコンを眺めた。異変に気づいたのは、そのときだった。

腰を浮かせて、モニターに顔を近づける。見間違いではなかった。画面の中央に水色のふきだしがぽっかりと浮かび、その中に小さな文字が書かれていた。

〈あなたはだれですか？〉

僕が中腰で画面を凝視したまま動けずにいると、ふきだしはまばたきするように点滅してふたつに増えた。

〈WHO ARE YOU？〉

こっちが聞きたい。

なにかの間違いだろうか。もしかしたら——どうしてそんなことをするのか皆目見当がつかないけれども——マモール側がしかけた罠かもしれない。なんと答えればいいのか、そもそも答えるべきなのか。

ためらうような間を置いて、三つめのふきだしが現れた。

〈誠？〉

僕はパソコンに手を伸ばした。震える指でキーボードをたたき、エンターキーを押す。

画面に白いふきだしがひとつ、新たに浮かんだ。

〈小夜子？〉

水色のふきだしがいくつも、矢継ぎ早に繰り出された。

〈大丈夫？〉〈今どこにいるの？〉〈どうしてこんなことになったの？〉

僕も白いふきだしを使って、まずはひとつめの問いに答えた。

〈一応、無事〉

〈ああよかった〉

状況をかいつまんで説明する。マモールの社員たちにつかまって、ホテルの一室に連れこまれたこと。警察に突き出さない交換条件として、システムに侵入したときの手口を再現しろと言われたこと。携帯電話や財布はとりあげられ、今はひとりでパソコンとともに取り残されていること。

〈そのパソコンに情報を残せばいいってこと？〉

小夜子が確認した。

〈うん〉

〈で、その後に、外からアクセスされた履歴は消す。このやりとりも含めて〉

〈うん〉

僕はおそるおそるつけ足した。

〈できる？〉

〈できる〉

一瞬で返事がきた。

〈じゃあ、ちょっと借りるよ〉

借りるってどういうこと、と打ち返そうとしたけれど、もう白いふきだしは表示されなかった。かわりに、画面が真っ青に塗り変わった。この間の日曜日、小夜子の傍らで観戦していたときと同じだった。

借りる、の意味はまもなくわかった。僕はキーボードに手をふれていないのに、これも日曜と同様に、すさまじい速さで白い文字が打ちこまれていく。まるで僕の隣に透明人間がいて、見えない手を横から伸ばし、キーをたたいているかのようだった。

実際は透明人間ではない。小夜子だ。もしくは、ＳＡＹＯＫＯといったほうがいいだろうか。

全身から力が抜けて、僕はソファにもたれかかった。応援の言葉をかけたいが、もはやその術はない。いつもと同じく、うまくいくように祈るしかない。でも、小夜子がためらいなく断言したからには、おそらくできるのだろう。

うんと両手を伸ばし、左右に体を軽く揺らす。不自然な姿勢でパソコンにへばりついていたせいか、肩も背中もこわばっている。首を回した拍子に、書き物机の上に置かれている時計が目にとまった。

はっとする。鈴木たちが部屋を出ていってから、何分くらい経っただろう。そして、彼らはいつ戻ってくるのだろう。

作業にどのくらい時間がかかるのか、小夜子に確かめておけばよかった。終わる前に、ふたりがここへ戻ってきてしまったらまずい。もしもまにあわなければ、途中で中止してでも逃げてもらわなければいけない。あらかじめ小夜子にもそう念を押しておくべきだった。小夜子の存在を気づかれたら、危険が及ぶかもしれない。

じんわりといやな汗がわいてきた。キーボードをでたらめにいじってみる。指の動きとは関係なく、画面の文字は相変わらず増え続けていく。もう遅いのだ。小夜子がすべてをやりとげるまで、こちらからパソコンを操作することはできない。

僕はのろのろと立ちあがり、机の上から時計をとった。ソファまで引き返し、パソコンを正面に引き寄せて、その隣に時計を置く。

そして、手のひらを合わせた。本当にもう、祈ることしかできない。ちくちくと小刻みに動く秒針を、じっと見守る。

ドアの開く音がしたのは、それからちょうど三十分後だった。

鈴木と田中が部屋に入ってきたとき、僕はソファに座って一心にキーボードをたたいていた。

「おつかれさまです。どうですか、順調ですか」

満足そうな声を上げて近寄ってきた田中に、僕は返事をしなかった。顔すら上げなかった。心もち前のめりの姿勢で画面をにらみつつ、指を動かし続けた。いかにも集中しているふうに見えるように。

「田中、静かに。じゃまになる」

鈴木が助け舟を出してくれた。僕を見下ろしていた田中がつまらなそうに鼻を鳴らし、窓のほうへ歩いていく。広い背中を横目で見送って、僕はそろそろと息を吐いた。

もちろん、僕は適当に指を動かしているだけだ。

知恵をしぼった末に、いちかばちかの賭けに出てみようと決めたのだった。すばやく手を動かしていれば、どのキーを打っているのか横から見定めるのは難しいし、画面の文字も小さい。遠目に眺める分には、僕が自ら文字を打ちこんでいるように見えるのではないか。

目だけを動かして、鈴木の様子もうかがう。こちらに背を向け、ダイニングテーブルの前に立っている。ルームサービスの食事を物色しているのだろうか。窓辺の田中も眺望に飽きたのか、そちらへ歩いていく。

「お、うまそうですね」

「食っていいぞ」

「ほんとすか？　じゃ、遠慮なく」

田中がまるいパンをひとつつまみあげ、かぶりついた。

「おお、うめえ」

椅子に座り、本格的に食べはじめたようだ。鈴木も向かいに腰かける。ふたりともその調子でのんびりくつろいでてくれ、と念じながら、僕は画面に視線を戻した。あとは小夜子が一刻も早く仕事を終えてくれるのを待つほかない。

五分、十分、どのくらい経っただろう。両手がぴりぴりとしびれはじめた頃、とうとう画面が黒一色に変わった。

あっ、ととっさに声を出しそうになって、すんでのところでこらえた。画面の中央にアルファベットの文章が一行、白く点滅している。

〈HELLO SAYOKO, WE RESPECT YOUR SKILLS〉

いちかばちかの賭けに、僕は勝ったかもしれない。

「できましたか？」

鈴木から声をかけられて、手がとまっていることに気づいた。

「いえ、まだもう少し」

つかのまの安堵が吹き飛んで、僕はあわててキーボードの連打を再開した。小夜子はさっきと同じように、水色のふきだしを使って連絡してくるだろう。それを彼らに見とがめられてしまったら、これまでの努力が水の泡だ。早く、と心の中で小夜子に呼びかける。早く、早く、早く。

やがて、画面の真ん中、ちょうど文章の上にかぶさるように、水色のふきだしがぽかりと浮かんだ。

〈終わった〉

〈SUdhwdjd uwdx wdgdhdkldw;hdi〉

勢い余ってキーを打ち続けていたせいで、白いふきだしの中身は意味不明なものになってしまった。

〈誠?〉

〈ごめん。ありがとう〉

あらためて打ち直す。

〈あとは履歴消すだけだから。もうちょっとだけ待って〉

〈早く。あいつらがもう帰ってきてるんだ〉

〈うそ〉

〈いそい〉

で、と打とうとした手が、宙に浮いた。後ろからつかまれたからだった。

〈誠?〉

「誰だ?」

頭の上から冷ややかな声が降ってきた。

〈誠？　どうしたの？〉

　パンをくわえた田中が椅子を蹴り倒して立ちあがり、こちらに向かってすっ飛んできた。

〈誰だ？〉

と鈴木は小夜子にも聞いた。白いふきだしを使って。

　僕は椅子に縛りつけられた姿勢で、それを読んだ。めちゃくちゃに手足を振り回して暴れたせいで、あちこちぶつけてしまったらしく、全身がずきずきと痛む。

　ノートパソコンは、応接セットのテーブルから、ダイニングテーブルの上へと移された。食べかけの朝食は隅に寄せられ、パソコンの真正面に鈴木、その横に僕の椅子が並んでいる。背後に田中が立ち、僕の肩に軽く両手を置いている。

　鈴木は険しい顔で画面をにらみ、指先でテーブルをこつこつとたたいている。小夜子は一向に応えない。もしかしたら、もうこの画面の向こうにはいないのかもしれない。そうであるように、願う。

　ふきだしでの会話が中途半端にとぎれたので、小夜子も異変には気づいたはずだ。もうちょっとだけ待って、ということだったから、僕が抵抗している間にうまく履歴も消せたのではないか。それなら最初に予定していたとおり、足どりをつかまれる心配はないだろう。

鈴木が大きく息を吐き、再びキーボードに手を伸ばした。

〈答えろ〉

少し考えて、続ける。

〈こちらには人質もいる〉

小夜子、逃げろ、と僕は声に出さずに叫ぶ。気にすんな、早く逃げろ。体がこわばったのが伝わったのか、肩に添えられた田中の手に、わずかに力が入った。

すぐに水色のふきだしが浮かんだ。

〈約束が違う〉

鈴木が舌打ちし、田中が僕の肩越しに首を伸ばした。僕は詰めていた息を吐いた。

本当は、わかっていた。異変を察したとしたらなおさら、小夜子が僕を見捨てて逃げ出すわけがない。

〈それはこっちのせりふだ〉

鈴木がすかさず打ち返した。

〈われわれは彼と交渉した。すでに取引は成立している〉

さえぎるように、水色のふきだしが続けざまに表示される。

〈彼じゃない。SAYOKOに頼んだはずだ〉〈だからこれは彼には関係がない〉〈彼は

ＳＡＹＯＫＯではない。人違いだ〉

「は？」

声を上げたのは田中だった。鈴木は眉を寄せ、画面を注視している。

「違う。僕がＳＡＹＯＫＯだ」

僕は必死に口を挟んだ。田中がうさんくさそうに目をすがめ、僕の顔と画面を見比べる。

〈どうやってシステムに侵入したかはそのパソコンに全部記録されている。確認すればわかる〉〈データさえ手に入れれば彼を解放すると約束したはずだ〉〈早く彼を解放しろ〉

水色のふきだしは次々に増えていく。

〈もし解放しない場合には、こちらにも考えがある〉

あごをなでて考えこんでいた鈴木が、パソコンに手を伸ばした。

〈わかった〉

白いふきだしがぽつんとひとつ、所在なげに浮かんだ。

僕が家の前でタクシーを降りると、門の横で待っていた小夜子が駆け寄ってきた。

「誠！」

「小夜子！」

僕もさすがに大きな声を出してしまった。ここで鈴木たちに連れ去られてからまだ丸一日も経っていないのに、ものすごく昔のことのような気がする。

しかし、感動の再会めいたやりとりは、そこまでだった。

「どうして電話くれないのよ？」

小夜子は口をとがらせている。タクシーの窓からのぞいたときには、心なしか目が潤んでいるようにも見えたのに、いつのまにか眉間にしわが寄っていた。

「車の中からかけようとしたんだけど、充電が切れてて」

「なにそれ？」

小夜子がため息をついた。

「さすが誠だね。詰めが甘い」

「悪かったな」

「おかげで、またちょっと心配しちゃったよ」

「ごめん」

「わかればよろしい」

小夜子はぶっきらぼうにうなずいて、やや早口になってつけ加えた。

「無事でよかった。ほんとに」

僕は念のために周りを見回してみた。静かな路地に、昼さがりのうららかな陽ざしが降り注いでいる。不審な車は見あたらない。鈴木たちも後をつけてきてはいないようだ。

僕をタクシーに乗せた鈴木は、ドアが閉まる間際に、この先二度とお会いすることはありません、ときっぱり言った。われわれはもうつきまとわない。逆に、山田さんがわれわれのやったことを口外することもない。よろしいですね？

交渉は無事に成立したのだ。鈴木たちが僕に要求したことは、彼らの想定とはいささか違った経緯をたどりつつも、ちゃんとかなえられた。データは彼らの手もとにある。計画どおりに事後処理が進めば、今日中にでも内部の犯行だとしてニュースの続報が出るはずだ。

「ありがとう。おかげで助かった」

あらためて小夜子に礼を言ってから、僕はタクシーの中でずっと考えていたことを質問してみた。

「でも、おれがつかまってるって、どうやってわかったの？」

「ええと、どこから話せばいいのかな」

小夜子が首をかしげる。

「まず、誠の入れた留守電を聞いたんだよね」

僕にかけ直してみたが、出なかった。そのときにはすでに鈴木たちにつかまっていたのだろう。

「そのまま夜になっても連絡がなくて、どうしたのかなってちょっと思ったんだけど。でも誠、真琴ちゃんちにお泊まりする予定だったでしょ？　わたしもそれは聞いてたから、てっきり盛りあがってて忘れちゃってるんだろうなって」

音沙汰がないということは、そこまで急ぎの用件ではないのだろう、と小夜子は判断した。もしかしたらもう解決したのかもしれない、どうせ今日のパーティーで会うからそこで確かめればいい。僕が逆の立場でも、たぶん同じように考えたはずだ。

「そしたら、今朝になって真琴ちゃんから電話があったの。誠、山田くんにも留守電入れてたんだよね？　でも、いくら待っても家に来ないし連絡もつかなくて、心配してくれたみたい」

達也と直接喋れなかったかわりに、小夜子になにか知らせていないかと思いついて聞いてみた、と真琴は言っていたそうだ。ちなみに達也のほうは、また腹でも下したんじゃないの、とのんきに構えていたらしい。

「電話を切ってから、なんかすごくいやな予感がしてきて。誠んちにもかけてみたけど、おばさんたちも留守みたいで誰も出ないし」

そのときの気分がよみがえったのか、小夜子は小さく身震いした。

「で、マモコンのことで話したいって言ってたのを思い出して、とりあえず特設サイトを見てみたの」

「ああ、もしかして、あのニュース読んだ？」

「びっくりしたよ。うそ、これってわたしのこと？　って。ひょっとして誠の話っていうのもこれかもなと思った」

当然ながら、小夜子の胸騒ぎはますます強まった。

「だけど、どうしようもないじゃない？　あれだけじゃ、誠がどうしていなくなったのかもわかんないし。他にもなにか手がかりはないかと思って、しばらくそのままサイトを見てたの。あちこちいじってるうちにログインの画面が出てきたから、あんまりなにも考えないでマモコンネームとパスワードを入れてみた」

空中で指先をひらひらと動かし、透明なキーボードをたたいてみせる。

「そしたら、変なエラーメッセージが出たんだよ。ＳＡＹＯＫＯさんはすでにログインしています、って」

そのときにはもう、鈴木がホテルでログインしていたのだろう。

「で、誠に関係あるんじゃないかと思って、ログインしている相手をつきとめてアクセスしてみたの。その後は誠も知ってるとおり……あれ？」

小夜子が言葉を切り、コートのポケットに手をつっこんだ。取り出した携帯電話の、液晶画面がほのかに光っている。

「真琴ちゃんだ。さっきから何度も連絡くれてるんだよね」

「ああそうか、パーティーだよな」

「そろそろはじまるみたい。誠、行けそう？　そんな気分じゃない？」

「いや。どっちかっていうと、思いきり祝いたい」

くたくたに疲れてはいるけれど、日常に戻れた喜びを存分にかみしめたい。

「わたしのほうも、誠の話が聞きたいんだけど。一緒に行かない？　そしたら途中でちょっと話せるし」

「今すぐはちょっと無理かなあ」

せめて着替えたい。制服のままだし、汗もたくさんかいてしまった。

「小夜子は先に行ってて。今晩か明日にでも、ゆっくり話そう」

とにかく無事に戻ってこられたのだから、話は後でいくらでもできる。

「わかった」

「おれもなるべく急いで行くよ。シャワー浴びて、着替えて、荷物作って……あ、泊まりじゃなくなったから手ぶらでいいのか……」

僕が段取りを考えていると、小夜子が口を挟んだ。

「プレゼントも忘れないようにね」

「プレゼント？」

「プレゼント交換をするって真琴ちゃんが言ってたよ」

「そんなの聞いてないけど？」

僕たちは顔を見あわせ、苦笑した。誰が伝え忘れたかは明らかだった。

「じゃあ、プレゼントも買っていく。一、二時間くらいで行けるかな」

「わかった。真琴ちゃんたちにもそう伝えとくね」

小夜子の言っていたとおり、両親は午前中から出かけたようで、まだ戻っていなかった。シャワーを浴び、セーターとジーンズに着替えて、家を出る。小学生と高校生のどちらにも喜ばれる贈りものはなんだろうと思案しつつ、門の鍵を閉めようとしていたら、背後で聞き覚えのある声がした。

「山田さん」

振り向くと、黒いコートを着た男が道の向こうで手を振っていた。

「このたびは大変ご迷惑をおかけしました」

近づいてきた井上は、僕に向かって深々とおじぎした。


大通り沿いの喫茶店は、前回と同じくがらがらに空いていた。

「本当に申し訳ありませんでした。わたくしの不手際でした」

井上は僕の向かいに座り、テーブルに額を打ちつけそうな勢いで頭を下げている。どうかお話だけでもさせて下さい、と路上で懇願されて、僕もかなり迷った。彼こそが僕たちをこんなやっかいごとに巻きこんだ張本人なのだ。またどこかに連れ去られ、監禁される可能性もある。

承諾したのは、本当のことをお伝えしないと申し訳が立ちません、と井上が真摯な顔つきで言い添えたからである。

本当のことを、僕も知りたい。いったいなにがどうなって、こんな顚末になったのか。人目のある場所で話を聞くだけなら、危険はなさそうだ。もしも僕をどうにかしようとたくらんでいるなら、鈴木たちと同じように、しのごの言わずに強硬手段に出ただろう。危機を乗り越えてたくましくなったというべきか、あるいは鈍くなったというべきか、とにかく僕は腹をくくって、井上の申し出を受けようと決めたのだった。

「実はわたくし、こういう者です」

ようやく顔を上げた井上が、テーブル越しに名刺を差し出す。既視感を覚えて、僕は反射的に彼の顔を見た。

「ご安心下さい。今回は本物です」

井上はまじめくさって言う。あたりまえだと言い返したいのをのみこんで、僕は名刺に目を落とした。

〈株式会社ＬＡＺＹ　代表取締役社長　佐藤黎一〉

鈴木、田中、ときて、今度は佐藤か。うさんくさいなあ、と僕がひそかに考えたのを

察したかのように、

「ご安心下さい。今回は本名です」

と井上、あらため佐藤は真顔をくずさずに続けた。下の名前のほうには、見覚えがある。なんと読むのだろうとこの前もひっかかった。こっちは本名だったのか、とそれも少し意外に思う。

「わたくしどもはマモールの下請け会社として、一部の顧客のシステムについて安全性の点検作業を実施しております」

佐藤は背筋を伸ばして話しはじめた。

「下請け会社ではありますが、実はいろいろと事情があって、彼らとの関係はあまり良好とはいえません。いえ、率直に申し上げますと、打倒マモールこそがわが社の目標です」

のっけから穏やかでない。

「うちのような小さいベンチャー企業が業界最大手のマモールにたちうちできるはずがないとあきれられるかもしれません。でも技術力だけで見れば、われわれはすでにかなりいい線まで追いあげてきています。ただこの業界は、商品のよしあしが直接目には見えない分、どうしても大手の看板が有利になりますので」

正確に言えば、しろうとの目にはですが、と彼は補った。

「家の鍵と同じです。ぱっと見ただけではどれも同じようで、性能の差はわかりにくい。でも、泥棒がこじ開けようとしたときに、粗悪な鍵は簡単に開けられてしまう一方で、優れた鍵だと突破できません。空き巣に入られてはじめて、家の主は自分の鍵が見掛け倒しだったと知るわけです」

コーヒーが運ばれてきた。テーブルにカップを置いた店員が奥へひっこんでしまうのを見届けて、佐藤は心もち声をひそめて僕にたずねた。

「山田さんは、ニュースはご覧になりましたか？」

「見ました」

「それなら話が早い。もうお察しでしょうが、あの犯行声明を出したのはわたくしです」

僕は浅くうなずいた。予想していたとおりだ。

「われわれの目的は、マモールのシステムの脆弱性を世間にさらけ出し、彼らに打撃を与えることでした。ここからは少し専門的な話になるので、わかりにくければ質問して下さい」

前置きして、佐藤はさらに説明する。

「具体的には、ニュースでも報じられていたとおり、セキュリティシステムの攻撃によるメインサーバへの侵入です。そうですね、規模が規模ですから、鍵のかかった家よりも、昔のお城をイメージしていただいたほうがわかりやすいでしょうか。メインサーバが城で、セキュリティシステムはその周りにめぐらされた城壁です。今回われわれは、その壁をなんとか突破して城の中へしのびこもうとしたわけです」

僕はテレビの時代劇で見るような、立派な天守閣と石垣を思い浮かべてみた。

「ここまでよろしいでしょうか？」

「はい」

「中に入る手段はいろいろ考えられます。よじのぼって乗り越えてもいい。たたいて穴を開けてもいい。地下にトンネルを掘ってもいい。しかしマモールほどの会社ですから、もちろん簡単にはいきません。壁はとても高くて頑丈ですし、見張りも目を光らせている。どんなに優秀な技術者でも、単独ではまず不可能です」

「それで、仲間を？」

僕はつぶやいた。正解を答えた生徒をほめる教師のように、佐藤が満足そうにうなずいた。

「人海戦術です。いろんな方角から、いろんな方法で、同時に攻める。ひとりだとあっけなくつかまってしまうかもしれませんが、大勢でいっせいにやれば、敵は混乱します。壁に穴を開けるにしても、ひとりの力と百人の力では比べものになりません。ポイントは、彼らが想定していないような大きな負荷を、一気にかけることです。それも、向こうが態勢を立て直すまでの短時間で、決着をつけなければいけません。社内ではとうていまかなえる人数ではありませんので、外部からご協力いただくことにしました」

話しているうちに興が乗ってきたようで、最初のしおらしい態度はどこへやら、得意そうに胸を張っている。

「本当の目的は隠して？」

僕は口を挟んだ。われながら恨めしげな口調になった。昨日、僕がニュースを知って危惧したことは、おおむねあたっていたらしい。

「申し訳ありません。正直にお伝えしてしまうと、ご協力いただけないおそれがありましたので」

佐藤があわてたように表情をひきしめた。

「そうでしょうね」

僕が皮肉をこめて言うと、彼はきまり悪そうに咳ばらいした。

「計画の大枠が見えてきたら、あとはいつ実行するかが問題でした。マモコンは、うってつけの機会でした。競技という名目にすれば、協力者のかたたちにも説明がつきます。当日はマモール内部も運営で大忙しのはずなので、対応が遅れるだろうとも予想しました」

一息つき、コーヒーをすする。

「ここまでで、なにかご質問は？」

おおまかな手口は僕にもだいたいわかった。しかし、前から気になっていたことがひとつある。

「どうして小夜子に声をかけたんですか？」

「人選は最も気を遣ったところです」

よくぞ聞いてくれたと言わんばかりに、佐藤が身を乗り出した。

「技術力はもちろん大事ですが、それ以上に、われわれの計画を素直に信じてくれるような相手でなければいけません。あまりこの業界に詳しいと、疑われるリスクも高くなります。そのあたりのバランスも考慮しながら、念には念を入れて選びました」

なるべく若くて経験も浅く、専門の組織や団体に属さず個人で活動しているような人材を中心に、候補をしぼった。そして、秘密を守るため、また相手からの信用を高めるために、直接対面して話を持ちかけた。直前に送付するメールも、読んだ後には自動的に消去されるように設定した。

「それでもどこかから情報がもれてしまう可能性を完全にゼロにはできません。もしも事前にマモール側に察知された場合は、潔く中止する覚悟で進めておりました。どうなることかと最後まで気をもみましたが、おかげさまで無事に決行までこぎつけました」

そうして当日、三時から一斉攻撃がはじまった。

「競技時間を一時間と限定したのは、あまり長びくとマモール側も反撃してくるかもしれないと懸念したためです。逆探知でもされてしまったら、ご協力いただいた皆さんにご迷惑がかかりかねませんから。ただ」

と佐藤はそこで言いにくそうに口ごもった。

「山田さんについては、こちらでミスがありまして」

特別種目の参加者情報は、事件直後の混乱に乗じて彼が消去したという。声をかけた相手の名前はリストとして管理していたため、それに基づいて削除すべきデータを抽出した。ところが、僕の名前だけはそこからもれていた。

佐藤のリストに載っていたのは、僕ではなく小夜子の名前だったからである。

「申し訳ございません。わたくしの注意不足でした。マモール側も非常事態に気づいて警戒態勢に入ってしまいましたし、とにかく時間がなくてばたばたしていたもので」

「なるほど」

勝手に代理登録をした僕の非でもあるので、強く文句も言えない。

「恥ずかしながらそのような事情で、大変ご迷惑をおかけしました。本当に、ご無事でなによりでした」

佐藤はしめくくり、のどを鳴らしてコーヒーを飲み干した。話しすぎてのどがかわいたようだ。僕もカップに手を伸ばしかけたところで、もうひとつ疑問が浮かんだ。

「そういえば、僕がマモールにつかまったってどうやって知ったんですか？」

僕は秘密裡に連れ去られたはずだった。知っていたのは鈴木たちと、彼らの仲間くらいだろう。

佐藤が小さくむせ、カップをソーサーに戻した。

「マモール側から連絡が入ったとか？」

「いいえ、そういうわけでは」

言いよどみ、テーブルに目を落とす。中央に置かれたままになっていた名刺を、僕のほうへすべらせた。

「この社名をご覧になって、気づかれませんでしたか」

ＬＡＺＹ。ひとつの英単語としてそのまま読むなら、怠け者、という意味だ。社名としてはふざけている。それとも、僕の知らない別の意味があるのだろうか。

「レイジー、と読みます。聞き覚えはありませんか」

聞いたことがない。小夜子や部長ならともかく、僕はこの業界に詳しくない。

「レイジー」

声に出して復唱してみる。あ、と思う。

「……レイジ？」

ばん、と背後で大きな音がした。店のドアが開き、客が入ってきたようだったが、僕は振り向きもしなかった。

僕が拉致されたと知っていたのは、マモール側の人間だけではない。昨日の夕方に連れ去られたことも、今日になって無事に帰ってきたことも、小夜子は知っている。

はたして、小夜子だけだろうか？

小夜子は誰かに相談しなかっただろうか？　この方面に明るく、信頼に足る誰かに。その誰かが、一部始終を知らされた後、絶妙な時間に僕を自宅の前で待ち受けていたということはないだろうか？

佐藤がぎこちなくうなずいた。

「実はわたくしが……」

そのとき、頭の上から声が降ってきた。

「うそつき」

僕たちは同時に顔を上げた。テーブルの横で、見知らぬ女が仁王立ちしてこちらを見下ろしていた。

女は犬か猫を追いはらうかのように手を振って、佐藤をソファの奥へと追いやった。キャラメル色のコートを脱いで無造作にまるめ、彼の膝の上に放るように置く。中にはぴったりと体に沿う素材の、鮮やかな赤いニットを着ている。

それからテーブルに頬杖をついて、僕の顔をまじまじと眺めはじめた。あっけにとられている僕に挨拶もしない。隣の佐藤も窮屈そうに縮こまっているばかりで、彼女を紹介してくれる様子はない。

きれいな女だった。佐藤よりはだいぶ若く、二十代に見える。涼しげな切れ長の目とかたちのいい鼻と赤い唇が、小さな白い顔にぐあいよくおさまっている。半袖のニットからのぞいているむきだしの腕も、薄暗い店内で発光しているように白い。ゆるいウェーブのかかった豊かな髪を、胸のあたりまでたらしている。

しっとりと潤んだ、しかし意思を感じさせる瞳でじっと見つめられ、僕はどぎまぎして視線をそらした。

「そういうこと」

彼女がぼそりと言った。華やかな外見には似合わない、思いのほか低く、しゃがれた声だった。え、と聞き返した僕を無視して横を向き、佐藤に話しかける。

「なんかこそこそしてるなと思ったら、そういうことだったんだ」

「ごめん」

しかられた子どものように、佐藤がますます身を縮める。これまでの、いかにも如才なさそうな雰囲気は、あとかたもない。

「どうして隠すのよ。正直に言えばいいのに」

「言ったら反対されるかと思って」

「あたりまえでしょう」

彼女が顔をしかめ、長い髪をかきあげる。さっぱり会話についていけず、僕はふたりを見比べた。

彼女はいったい何者だろう。レイジーの社員だろうか？　でも、部下が社長に対してこんなにぞんざいな口の利きかたをするものだろうか？　佐藤よりずいぶん年下のようなのに、態度も大きい。もしかして、恋人とか？　それにしては、甘やかな雰囲気がまったくない。

「どうしてここが？」

佐藤が弱々しくたずねる。

「携帯のGPS機能って、なんのためについてるか知ってる？」

彼女がこばかにしたように答えた。

「迷子の子どもと徘徊老人を捜すだけじゃないの。今や、だんなの浮気調査とか社員のさぼり防止にも使われてるんだよ？」

「さぼってるわけじゃないけど」

「じゃあなに？」

吐き捨てて、僕をあごで指す。顔はきれいなのに、しぐさは中年男みたいだ。

「この子にべらべら喋るのがあんたの仕事なの？　しかも、うそまでついて」

「それは話のいきがかり上……」

「うそだったんですか？」

僕は思わず割って入った。

「そうよ」

「違います」

ふたりが同時に答える。彼女がつんと肩をそびやかした。

「佐藤は大うそつきだから。こんなやつの言うことなんか信じちゃだめ」

「やめてくれよ」

「きみもさ、一回だまされたんだから、もうこりたでしょ？」

「確かに」

僕がつい納得すると、佐藤はなんともいえず情けない顔になった。

「山田さん、どうか信じて下さい。今日の話はほとんど本当です」

ほとんど、ということは、彼女の言うとおり、いくらかはうそがまじっているのか。

いったいどの部分だろう。彼女が店に入ってきた時点で、話は終盤にさしかかっていたはずだ。

「で、まじめな話」

彼女がひときわ険しい声を出し、佐藤をじろりとにらんだ。

「なんで勝手なことするのよ？　この子にどう説明するかは、そもそも説明するかどうかも含めて、わたしが考えるって言ったじゃない」

「でも、彼には悪いことをしたから、まず謝っておきたくて」

「謝る？　どうしてよ？」

「だって、大変な目にあったんだから」

「自業自得でしょうが！」

だん、と彼女がいらだたしげにテーブルを平手で打った。僕と佐藤はびくりと背筋を伸ばした。

「謝ってほしいのはこっちのほうよ。この子がでしゃばって自分の名前で登録したりするから、話がややこしくなったんじゃないの」

彼女はうんざりした顔で肩をすくめ、テーブルの隅に置かれていた灰皿を乱暴に引き寄せた。ポケットからたばこの箱を出し、一本抜きとってくわえる。佐藤が条件反射のようにライターを取り出して、火をつけた。

「でも彼のデータを消去しそこねたのはおれたちだよ」

「おれたちっていうか、あんたでしょ」

彼女が佐藤にたばこの煙を吹きかける。

「ほんとに詰めが甘いんだから。結局あいつらに情報を渡すはめになっちゃったじゃないの。せっかく小夜子があんなにがんばってくれたのに」

「小夜子のことを知ってるんですか？」

僕はびっくりして言った。

「あたりまえでしょう」

彼女がぴしゃりと答え、眉をひそめた。

「うそ。まだわからないの？」

わからない。

「きみ、もしかして頭悪い？」

「ちょっと、失礼だよ」

「ま、佐藤がうそついたせいもあるね」

「レイ、勘弁してくれよ」

佐藤がうめいた。僕ははっとして彼女を見た。

「やっとわかってくれた？」

彼女はわざとらしく笑顔を作り、たばこをもみ消した。

「レイジです。はじめまして」

彼女の本名は、むろんレイジではなく、麗香(れいか)という。

「表向きはこのひとがレイジってことにしてるんだけど」

佐藤に向かって、あごをしゃくってみせる。

「実際にあれこれやってるのはわたしなの」

「山田さんたちと同じです」

彼が補足した。

「彼女が表に出るよりも、そのほうが安心かと思って」

会社を立ちあげる以前からそうしてきたので、社長も麗香ではなく佐藤が務めることに決めたという。顧客との商談や交渉は彼の役目で、技術的な対応は麗香が担当する。規模は違うけれど、確かに僕が小夜子の代理として依頼を受けているのとよく似た構図だ。

「で？　同じ立場どうし、仲よくお話ししたかったってわけ？」

麗香が佐藤にいやみっぽく言って、僕に向き直った。

「ねえ、いつか言いたいと思ってたの。きみ、お願いだから小夜子の足をひっぱらないでくれない？」

「レイ、そんな言いかたはあんまりだよ。彼女のためを思って、いろいろがんばってるんだよ」

「がんばってるのはわかるけど、はっきり言って足手まといなんだもの。今朝だって危なかったでしょ。一歩間違ったら、小夜子があいつらに見つかるかもしれなかったのよ？」

ふんと鼻を鳴らす。返す言葉もなく、僕はうなだれた。

「小夜子って若いわりに冷静なのに、きみのことになるとどうもむきになるんだよね。今日のあわてようも見てられなかったもの。別人みたいにおろおろしちゃって、何事かと思ったわよ」

僕を救い出しにきてくれた小夜子の背後には、麗香がいたのだ。彼女の助けがあったから、小夜子は着実に作業を進め、鈴木とも互角にやりあえたのだろう。

「ありがとうございました」

世話になったのは事実なので、とりあえず頭を下げたものの、内心は複雑だった。僕はなんとか小夜子を鈴木たちから守ろうとしたつもりだったのに、逆に小夜子に守られた。そしてその小夜子は、いわば麗香に守られていたのだ。

「は？　なんで？」

麗香が眉を上げた。

「ちょっと、勘違いしないでよね。わたしは止めたんだから」

「え？」

「そりゃそうでしょう。大事な小夜子になにかあったら大変だもの」

麗香はすまして言い、二本目のたばこに火をつけた。

「自己責任なんだから、放っておくように言ったの。あいつらだってそこまで乱暴なまねはしないだろうと思ったし。だけど小夜子が聞かなくて、しかたないから結局わたしもちょっと手伝ったけどね。今回の計画が成功したのは、そもそも小夜子のおかげだから」

ふうう、と白い煙を吐いて、ものうげに天井を見上げる。

「でもほんと、ついてないわ」

「まあしかたないよ。また次がんばればいい」

「あっさり言わないでよ。これまで何度失敗してきた？　今度こそ、やっとうまくいきそうだったのに」

「え、何度もこんなことやってるんですか？」

「はい。実はそのせいでマモールと弊社の関係が悪くなっている部分もありまして」

佐藤が渋い顔で言った。そういえば、主犯の目星はついているというようなことを、田中も言っていた。

「向こうにもばれてるってことですか？　訴えられたりとか、大丈夫なんですか？」

「まあ、ぎりぎりといったところですかね」

「うちの技術力は、あいつらも認めてるからね。それに、下請け会社にまんまとしてやられたなんてことになったら、マモールの評判は地に堕ちるわよ」

「彼らとしても表沙汰にはしにくいんですよ。せめて実行の手口だけははっきりさせようとして、山田さんに目をつけたんでしょう」

「確かに、とにかく公にはしたくないみたいでしたけど」

「それはそうよ。あんな犯行声明が出ちゃって、あわてふためいたはず。ほんといい気味」

　麗香は一瞬顔をほころばせ、僕に目を戻して、また太いため息をついた。

「それなのに、きみのおかげで全部だいなし」

　すみません、と謝りそうになって、思いとどまる。僕は被害者だ。責められる筋あいはない。

「あいつらも、本当によけいなことしてくれるよね」

「向こうは向こうで、僕たちのことをそう言ってるだろうけど」

「どこがよ？　わたしは世の中みんなの安全と平和のために、最強のセキュリティシステムを作ろうとしてるのに。技術者の鑑じゃないの」

　安全だの平和だの、さっきまでとはずいぶん調子が違う。それに、もし本当にそう考えているのなら、マモールとも協力して開発を進めるべきではないか。麗香の言葉の意

味をとらえあぐね、ぽかんとしている僕に向かって、

「長持ちするセキュリティシステムっていうのが、レイの理想なんですよ」

と佐藤が横から言った。

マモールをはじめ業界の各社は、セキュリティ管理のためのシステムなりソフトウェアなりを開発し、顧客に提供している。ただし、永久に完璧な商品は、今のところ存在しない。たとえ発売当初は万全だと信じられ、鳴り物入りで登場したとしても、情報漏洩の事故は後を絶たない。

「技術がたえまなく進化しているからです。守るほうも、攻めるほうも」

現時点では最高の「守り」の技術でも、やがてそれを突破する「攻め」の技術が必ず出てくる。そして、その最新の「攻め」に耐えうる、ひときわ高度な「守り」を備えた新製品が開発される。

「いわば、いたちごっこですね。これだけめまぐるしく技術が進歩している以上、しかたないことではあるんですが」

「マモールはやりかたがせこいのよ。すぐに陳腐化しちゃうしょぼいシステムを、まるで完全なものみたいに売りつけて。それで問題が発生したらしたで、補填するためのアップグレード版を出して、そこでもちゃっかりもうけてるのよ。そんなあこぎな商売ってちょっとないでしょ？」

詳しい知識のない僕にも、麗香の言いたいことはわからなくもなかった。普通にインターネットを使っているだけでも、更新プログラムだのなんだのとややこしい。

「うちはそういう、ちまちましたことはやりたくない。目先の利益にとらわれないで、とびぬけた技術力で、長持ちするセキュリティシステムを作りたいの」

鼻息の荒い麗香の横で、佐藤も生き生きと目を輝かせている。

「未来永劫とまではいかなくても、十年や二十年単位で通用するようなシステムができればいいなと思うんですよね」

「だけど、一度買って十年も同じものを使えるとしたら、会社としてはもうからないんじゃないですか？」

僕は聞いてみた。それこそ今マモールがやっているように、頻繁に新しいものを作ってその都度売りさばいたほうが、安定した売上が見こめるのではないか。

「その発想がだめなのよ」

麗香がぴしゃりと言った。

「確かに短期的には、開発費がかさんで経営を圧迫するでしょう。しかし長い目で見ると、圧倒的に性能の高いセキュリティシステムを商品化すれば、市場を一気に独占できます。十分に採算は合いますし、そこから生まれた資金をさらに次世代製品の研究にも回せます」

佐藤がてきぱきと説明した。おそらく日頃から話しあっていることなのだろう。彼らには彼らの信念があるようだ。

「ああもう、やっぱりマモールなんかに負けてられない」

麗香がたばこを灰皿にぐりぐりとこすりつけた。

「早く次の計画を練らないと。そうだ、決まったら、小夜子にも手伝ってもらわなきゃ。そのつもりで待っててって伝えておいて」

まくしたてるように言い、立ちあがる。僕はあわてて呼びとめた。

「ちょ、ちょっと待って下さい」

僕が小夜子に心配と迷惑をかけたのは事実だ。一方的に責めたてられて、申し訳ない気分にもなっていた。でもよく考えてみたら、今回の計画を仕組んだ麗香が諸悪の根源ではないか。

彼女の理屈は理解できなくもない。マモールの営業方針が気に食わないというのもよくわかった。けれど、子どものけんかではあるまいし、きらいだからといっていやがらせをしかけていいというものでもない。

「小夜子を巻きこまないで下さい」

そこは譲れない。絶対に譲れない。

「巻きこむ?」

麗香が僕の顔を見下ろした。にらみつけられるかと思いきや、薄く微笑んでいた。

「巻きこまれたいかどうか決めるのは、小夜子じゃないの？」

言葉に詰まっている僕を尻目に、すたすたと出口へ歩いていく。

「佐藤、わたしのコート持ってきて」

「すみません。ではわたくしも、このへんで失礼します」

佐藤もあたふたと腰を上げ、ふと動きをとめて僕と目を合わせた。

「確かに、決めるのは彼女です」

一瞬、なにを言われたのかわからなかった。一拍置いて、麗香の捨てぜりふの続きだと気づく。

「僕たちには彼女たちを止められません。でも、そばにいて守ることは、守ろうとすることは、できるんじゃないでしょうか」

僕の目をじっとのぞきこんで、佐藤は言った。


達也の家に着くと、真琴が出迎えてくれた。玄関にはずらりと靴が並んでいる。

「遅くなってごめんね」

「いえ。おなかは大丈夫ですか」

僕は内心ため息をついて、うなずいた。

居間には巨大なクリスマスツリーが据えてあった。金色のモールが巻かれ、星や天使のかたちをしたオーナメントで飾られている。なんだかなつかしい。クリスマスパーティーなんて何年ぶりだろう。はるか昔、小学校の低学年のときに、友達の家でやった覚えがあるきりだ。

「誠、おせえよ！」

ツリーの奥に置かれた大きな横長のテーブルで、達也が立ちあがって手を振った。フライドチキンやらポテトやらサラダやらの大皿が並んだテーブルを、十人ほどが囲んでいた。みんな、赤や緑や青のてらてら光る紙の三角帽子をかぶっている。かしこそうな顔つきの女子小学生たちにまじって、高校生もテーブルの隅に固まっていた。銀色の帽子をかぶった達也、ひとつ空席をおいて黄色い帽子の小夜子、その横にあともうひとり、見知った顔がいる。

「どうもどうも、こんにちは」

パソコン同好会の部長だった。他の面々に比べて顔の面積がいささか広いせいか、頭の上にちょこんとのった紫の帽子がやけに小さく見える。

「山田くんも招ばれていたんですか！」

めがねを押しあげ、意外そうに言う。それはこっちのせりふだ。たまにネットゲームでご一緒するんです、と真琴が解説した。

「まあ座れよ」

　達也が横の空いている椅子をひいた。

「食いもんも、適当に。ああそうだ、もう平気か？」

　ぽんぽんと腹をたたいてみせる。小夜子が僕をちらりと見やった。

「うん。大丈夫」

「そっか、ならよかった。それにしても、誠ってほんとに腹弱いよなあ」

　悪気はないようだが、声が大きい。真琴の友達も目くばせをかわし、くすくす笑っている。遅刻の理由は彼らにも伝わっているらしい。

　真琴が注いでくれたジュースを口に含んだら、ぐううう、と派手に腹が鳴った。そういえば、昨日の夕方のシェイク以来、さっきコーヒーを一杯飲んだのを除いて、なにも口にしていない。気が張っていたせいか、空腹の限界を超えていたせいか、まったく意識していなかった。

「誠、腹へってんの？」

　達也にも聞かれてしまい、これまた大声でたずねられた。

「そうか、全部出しきったんだな？　よし、食え食え。でもよく嚙めよ。ちゃんと消化しないと同じことの繰り返しになるからな」

「やめなよ、食事中に」

横で小夜子がふきだした。

「だって、ここで調子に乗ってがつがつ食ったりしたら、絶対また痛くなるって」

「まあ、そうかもしれないけど」

「ゆだん大敵なんだよ、こういうのは。誠のデリケートな胃腸を刺激したらまずい」

「なにそれ」

大きく口を開けて笑う小夜子を眺め、あれ、と僕は思う。

小夜子の態度が、これまで達也を前にしたときのぎこちないそれとは違った。口調はなめらかで、表情も自然だ。

「そうだ、さっきちょうど誠の武勇伝を聞いてたんだよ。陣野さんから」

「武勇伝？　なにそれ？」

ぎくりとして聞き返す。昨日から今日にかけてのいきさつを小夜子が不用意に喋るはずがないとわかってはいても、思いあたるのはそれしかなかった。

「ずっと忘れてたんだけど、クリスマスパーティーで思い出したんだよね。小一のときだったかな？　ほら、外で遊んでるうちに雪が降ってきて……」

「ああ、あのときか」

僕もおぼろげに思い出した。

小夜子と僕は、同級生の家に招かれたのだった。フライドチキンとケーキを食べ、プレゼント交換をして、みんなで近くの緑地へ出かけた。

遊んでいる途中で雪が散らつきはじめた。最初ははしゃいでいたけれど、みるみる本降りになってきて、あまりに寒いので流れ解散になった。同じ方角の者どうし、連れだって帰った。僕と小夜子の家はそこからかなり離れていて、一緒に歩いていた友達がだんだん減っていき、最後にはふたりだけになった。ちょうど子どもをねらった悪質な事件が世の中をにぎわせていた時期で、僕は気をひきしめた。

そうして緊張したのがよくなかったのだろうか。あるいは雪で体が冷えたせいだろうか。いずれにせよ、家まであと五分というところで、僕は猛烈にトイレに行きたくなってきた。

行く手に小さな公園が見えてきたときには心底ほっとした。そこには何度か行ったことがあり、屋根のついたベンチと公衆便所があるのを知っていた。僕は小夜子をベンチに待たせてトイレに入った。

数分後、すっきりした気分で出てきた僕は、ベンチを見てぎょっとした。

小夜子は膝の上に携帯型のゲーム機を出して、目を落としていた。発売されたばかりのその機械を、小夜子はいつも持ち歩いていたのだ。いったんゲームに熱中しはじめると、周囲は目に入らなくなる。隣に見知らぬ若い男が腰を下ろしたことも、だからほとんど気にもとめていなかったのだろう。なにやら熱心に話しかける彼に、ふんふんと生返事をしながら浅くうなずいていた。そこへ僕が駆けつけた。

小夜子をひっぱって、公園を出た。男は追いかけてはこなかった。一緒に遊ぼうとか、新しいソフトを持っているから貸してあげるとか、背後で叫んでいたような気がするが、振り向かなかった。小夜子の手首をつかんで、降りしきる雪の中をただ走った。

「家に帰ってから、誠にめちゃくちゃ怒られたよね？　ぼんやりしてたら危ないって」

「そうだっけ？」

夢中だったからか、その後のことは記憶に残っていない。

「そうだよ。もっと周りに気をつけろとか、外でゲームはするなとか。特にひとりでいるときには絶対にだめだって」

「でもさ、そのときも腹が痛かったってのが誠らしいよな」

達也がまた話を戻した。

「あの、武勇伝といえばですね」

部長が咳ばらいをして割りこんできた。

「実はマモコンで……」

僕は再びぎくりとした。横目でうかがうと、小夜子も硬直している。部長は僕たちふたりを見比べて、恨めしげにため息をついた。

「やっぱりまだ伝わっていませんでしたか」

「あっ。すみません」

僕が謝り、

「え？　なんのこと？」

小夜子は首をかしげ、

「てか、マモコンてなに？」

達也がいぶかしそうに聞いた。部長がぐいと胸をそらした。

「僕、百八十七位だったんですよ」

「え！　すごい！」

反応したのは小夜子ではなく、母親を手伝ってテーブルまでローストチキンの皿を運んできた真琴だった。

「すごいですよねえ」

僕も調子を合わせた。小夜子も場の空気を読んだようで、すごい、すごい、と口をそろえる。部長はまんざらでもなさそうに、にやけた顔で頭をかいている。

「だから、マモコンってなんなの？」

達也がふてくされたように口をとがらせ、繰り返した。話題についていけずにすねているというよりは、真琴が部長に向けている羨望のまなざしが気に入らないのだろう。

「お兄ちゃん、知らないの？　パソコンの技術コンクールだよ。一般人も参加できるの」

「それがそんなにすごいわけ？」

「すごいよ。そういうコンクールの中では一番有名なんだから」

「あ、マモコンといえば、例のニュースも続報が出てましたね」

ジュースを飲みかけていた僕は、激しくむせた。

「大丈夫ですか？」

真琴は僕の背中をさすってくれながらも、興味しんしんで部長にたずねる。

「あれって結局なんだったんですか？」

「内部の犯行だったらしいです。それはそうですよね、マモールのシステムに外から侵入できるわけがない」

「ですよねえ」

真琴が深くうなずいた。犯行という言葉を聞きとがめたのか、達也が言った。

「マコもゲームとかネットとかはほどほどにしとけよ。いろいろ危なそうだし。な、誠？」

小学生時代の話が頭に残っていたようで、僕にも同意を求めてくる。いろいろ危ないのは身をもって経験してきたところだが、その詳細を話すわけにもいかず、僕はあいまいにうなずき返した。

「お兄ちゃん、心配しすぎ。わたしは危ないことなんかしないから大丈夫だって」

「わかんないよ、気をつけないと。子どもがそういうのに巻きこまれるって、よくテレビでもやってるし。なんかあったらすぐ相談しろよ」

「はあい」

真琴が面倒くさそうに答えた。小夜子がなぜかくすりと笑って、小声で僕に耳打ちした。

「なつかしいね」

そこでようやく、僕も思い出した。周りに気をつけろ、外でゲームをするな、特にひとりでいるときには。さっき小夜子が言っていたとおり、かつて僕も小言を並べた。その続きも、覚えている。黙って聞いていた小夜子は、僕の目をまっすぐに見つめ、不服そうに反論した。だってひとりじゃなかったもの。誠がいたじゃない。

僕は絶句した。それから、ごめん、と謝った。

これからはひとりにしないから。僕が小夜子を守るから。心の中で、続けた。声にならなかった言葉が聞こえたはずもないのに、小夜子はふわりと笑ったのだった。

「なつかしいな」

僕もつぶやいていた。小夜子と目が合った。あのときと同じように、まっすぐに僕を見て微笑んでいる。

「じゃあ、全員そろったので、あらためまして」

真琴がジュースのコップをかかげ、よく通る声で音頭をとった。

「メリークリスマス！」

メリークリスマス、と皆が口々に言いあった。達也、真琴、部長、と僕は順にコップを合わせ、そして最後に小夜子と向きあった。

「メリークリスマス」

ぱん、と乾いた音が響いた。振り向くと、達也が天井にクラッカーを向けていた。筒の先からカラフルなテープが何本もはみ出し、紙ふぶきが散っている。

「メリークリスマス」

僕は小夜子に向き直り、繰り返した。十年前にも、僕たちはたぶん同じ言葉をかわしたはずだ。ひょっとしたら十年後にも、かわすことになるかもしれない。

ぱん、と二発目のクラッカーが鳴った。色とりどりの紙ふぶきが雪のように舞って、僕と小夜子にはらはらと降りかかる。

本書は「ｗｅｂ集英社文庫」で二〇一四年五月から一六年一月まで連載されたオリジナル文庫です。

この作品はフィクションであり、実在の人物や事件とは関係ありません。

集英社文庫 目録（日本文学）

- 高嶋哲夫 震災キャラバン
- 高嶋哲夫 いじめへの反旗
- 高嶋哲夫 交錯捜査 沖縄コンフィデンシャル
- 高杉良 管理職降格
- 高杉良 小説 会社再建
- 高杉良 欲望産業(上)(下)
- 高野秀行 幻獣ムベンベを追え
- 高野秀行 巨流アマゾンを遡れ
- 高野秀行 ワセダ三畳青春記
- 高野秀行 怪しいシンドバッド
- 高野秀行 異国トーキョー漂流記
- 高野秀行 ミャンマーの柳生一族
- 高野秀行 アヘン王国潜入記
- 高野秀行 怪魚ウモッカ格闘記 インドへの道
- 高野秀行 神に頼って走れ! 自転車爆走日本南下旅日記
- 高野秀行 アジア新聞屋台村
- 高野秀行 腰痛探検家
- 高野秀行 辺境中毒!
- 高野秀行 世にも奇妙なマラソン大会
- 高野秀行 またやぶけの夕焼け
- 高橋一清 編集者魂 私の出会った芥川賞・直木賞作家たち
- 高橋克彦 完四郎広目手控
- 高橋克彦 天狗殺し 完四郎広目手控Ⅱ
- 高橋克彦 いじん幽霊 完四郎広目手控Ⅲ
- 高橋克彦 文明怪化 完四郎広目手控Ⅳ
- 高橋克彦 不惑剣 完四郎広目手控Ⅴ
- 高橋源一郎 ミヤザワケンジ・グレーテストヒッツ
- 高橋源一郎 競馬漂流記 では、また、世界のどこかの観客席で
- 高橋千劔破 江戸の旅人 大名から逃亡者まで30人の旅
- 高見澤たか子 「終の住みか」のつくり方
- 高村光太郎 レモン哀歌—高村光太郎詩集
- 瀧羽麻子 ハローサヨコ、きみの技術に敬服するよ
- 竹内真 粗忽拳銃
- 竹内真 カレーライフ
- 武田晴人 談合の経済学
- 竹田真砂子 牛込御門余時
- 竹田真砂子 あとより恋の責めくれば 御家人大田南畝
- 嶽本野ばら エミリー
- 嶽本野ばら 十四歳の遠距離恋愛
- 太宰治 人間失格
- 太宰治 走れメロス
- 太宰治 斜陽
- 多田富雄 柳澤桂子 露の身ながら 往復書簡 いのちへの対話
- 多田富雄 寡黙なる巨人
- 多田富雄 春楡の木陰で
- 多田容子 柳生平定記
- 多田容子 諸刃の燕
- 田中慎弥 共喰い

集英社文庫　目録（日本文学）

集英社文庫

ハローサヨコ、きみの技術(ぎじゅつ)に敬服(けいふく)するよ

2016年5月25日　第1刷　　定価はカバーに表示してあります。

著　者　瀧羽麻子(たきわあさこ)

発行者　村田登志江

発行所　株式会社 集英社
東京都千代田区一ツ橋2-5-10　〒101-8050
電話　【編集部】03-3230-6095
　　　【読者係】03-3230-6080
　　　【販売部】03-3230-6393(書店専用)

印　刷　大日本印刷株式会社

製　本　大日本印刷株式会社

フォーマットデザイン　アリヤマデザインストア　　マークデザイン　居山浩二

ISBN978-4-08-745447-5 C0193